シンクレア
Shincrea

バラード

神界の真実

文芸社

序　章

これは幾兆もの
世界のうちのひとつの世界

始めに
混沌（カオス）ありき

混沌より
やがて
ひとつの神出（い）でて
程なく顕れし
もうひとつの神と共に

神界を形成せしむ

神界は大いに栄え

この世界に
終わりはなきようにも
思えた―

しかし
突発的な
次元の裂け目によりて

神界は乱れに
乱れん
消滅　免がれんために
神界は再び
混沌にもどらん

しかし
やがて復活の時を
望める神々は
やむなく
人界と空世なる
世を新たに築き
そこにおいて
神の鋳型なる
人を造りて
生かしたもう—

もくじ

プロローグ Ⅰ

神界は今日も青天白日の下に、神々は日々の務めをつつがなく果たしていた。揺るぎも揺らぎもせぬ日々が昔から続いていた。

ここは、神々の憩いの場である庭園。

キャナル（運河）仕様の噴水が中央に設えられ、その周囲には枯れることなき花々がかぐわしい香りを放っていた。

ただ、その広大な庭園の片隅のテラスで一人、憂鬱な溜め息をつく若き神がいた。

彼は最近、修行のために人界に派遣された神だった。

おそらく、一時的に里帰りをしていたのだろう。

「いかがなされた？

先ほどより溜め息ばかりついているようにお見受けしたが」

若いが、非常に重みのある声が彼にかけられた。

若き神は声の主を仰ぎ見て顔色を変えた。

急いで神界において通常の最敬礼にあたる三界（さんがい）の礼の姿勢をとり、

深々と頭（こうべ）を垂れた。

「これは……

今上（きんじょう）最高神様」

ゆったりとしたローブを身にまとい、銀髪に近いプラチナ色のやや長めの髪、切れ長の黒曜石のごとき瞳、白磁の肌を持つ、神界においても稀なる美神と讃えられる神界の王が彼の前に佇んでいた。

年の頃は二十歳そこそこにしか見えなかったが、その全身から顕れる神々しさと威厳は、周囲を圧倒するものがあった。

「私（わたくし）は人界に修行に出てまだ日も浅いのでありますが…」

テラスで二人は対面で語り合っていた。

「つくづく人界というものの全てに失望を禁じ得ません。

私は人界の学校という区域を修行の場として選択しました。そこで教師という生業を得て、日々精進に励んでおります。

幼子らとの交流には心響くものがあります。

しかしながら、子らを守り指導するべき立場の親、周囲の人々、私の同僚――この度は私一人がその地に派遣されましたゆえ、神の仲間はおりません。彼ら全てがあまりにも己の利己にのみ忠実で、毎日が争いのための争いに明け暮れているのです。何故、神界のごとく揺るぎなき平穏な日々を彼らは思い描こうとしないのでしょう。徳を積めば、神界への道も開こうというものですのに――」

そこまで言って若き神は何事かに気づき、最高神に詫びた。

「お許しください。今上最高神様は人界よりお顕れあそばしたのに、つい失念しておりました」

「私への気遣いは無用です。遥か古（いにしえ）のこととなりますが、人界での短い日々は良き思い出ばかりが残っています」

今上最高神は、若き神の愚痴にも似た悩みを丁寧に聞き、それから口を開いた。

「なるほど――。貴方の悩みはよく判りました。それに対しての答えは簡単です。貴方を即座に修行の地より召し上げて神界に戻せばそれで良いのかもしれません。――しかし、その前にあるお方の話を聞いてくださいませんか？　その方は貴方の愛する揺るぎなき神界を築く礎となった方です。私心を入れず、誠の道をこの拙い私に教えてくださった方でもあります」

「今上最高神様がそこまでおっしゃる方のお話ならば、是非ともお聞かせください」

若き神は今上最高神を促した。

「ありがとう。では話しましょう。

長い話になりますが…」

そう前置きして、最高神はある者の話を始めた…。

プロローグ　II

暗い…。

そして、呆れるほどに息苦しい。淀んだ空気。

腐臭にも似たカビの臭い。

ここは、奥深い洞窟の内部。

初老の男が一途に祈りを捧げている——

やがて、男の周辺に半透明のポワポワした生命体が湧き出てきた。

それは、一塊になって洞窟の片隅にひっそりと落ち着いた。

男はかなり憔悴していたが、満足げな笑みを浮かべた。

続けて男は懐から一葉の白い紙を取り出した。紙を洞窟の壁に貼り付けるとその上に何か呪文を書き込んだ。その呪文は書き終わるとすーっと紙の中に吸い込まれた。

（これだ——。

これこそが私の唯一の力…）

彼は紙に手を置くと、更に強い念を注いだ。

その時、洞窟に夥しい足音が鳴り響いた。

だが、男は動じずに一心不乱に念じ続けた。

程なく、その白紙は黄色味を帯びた光を放ち、先の生命体と共に一瞬でその場から消え去った。

荒々しい足音の主達が、男の姿を捉えた。

「こんな所に隠れていたか――」

「全く、手間を取らせてくれたな」

追跡者達は男を捕らえようと近づいた。

男は、片頬を歪ませて笑った。そして、彼は自らの額（ひたい）にある印を押した。

そして、ゆっくりと倒れ伏した。

「逃げられぬと悟って自ら虚無界へと渡ったか」

薄れゆく意識の中で男は自ら創り出した白紙と生命体を思った。

（後は、まかせたぞ――）

そう念じながら男は漆黒の闇の中に堕ちて行った。

第一部

人界――

東亜（とうあ）郊外の住宅街。あまり小綺麗とはいえない古アパートの二階。そこで暮らしている三十男。

職業――芸能リポーター。

売れっ子とはとてもいえない。かなり大柄で細身。特にどうという取り柄はなさそうな――ただ、かつては俳優を目指していた時もあった。

ずば抜けた美男ではないが、味のある顔立ち。そんな男がこの物語の主人公の一人。

どこの世にも当たり前に存在していそうな人間。

現在、彼はある悩みに取り付かれていた。

平たくいえば――不眠症。

睡眠薬にアレルギー症状がある彼は薬にも頼れず、悶々とした日々を過ごしていた。

彼を不眠症に陥れた原因は、はっきりしていた。

それは、毎晩見る夢だった。

万年床で、今夜も彼はのたうち回っていた。

煙草はすわないが、酒は好き。睡眠薬代わりに酒をあおって寝込んでも、少し経つと必ず目が覚めてしまう。それもいつも同じ夢で――。

面白くも何ともない夢――というか意味不明な夢――。

薄暗がりの中に浮かぶ、光。

何者かが洞窟のような場所に白い紙を貼って、何事かを念じている。

その人物は、かなり年輩で髪は殆ど白髪。よく見ると極めて自分に似ている。そして、いつの間にか場面展開。いや、場所は同じ洞窟――。相変わらず薄暗がりの中に光がボウッと浮かんでいる。

だが、今度は自分もその洞窟の中にいる――。

他に仲間らしき人物が側にいる。

一人は顔馴染みの青年。と言っても暫く会ってはいない。学生時代の後輩だ。

もう一人は知らない若者。いや、どこかで会ったような気もする。

二人とも、すごい美貌の持ち主である。

どうせなら美女でも登場してくれれば、安眠できると思うのだが。

彼はこのパターンの夢を半年近く見続けてきた。

何の根拠もきっかけもなく半年間も、一体何なのだろう。

そして毎晩、寝不足で疲れきっているのに、この夢を見た後はもう眠れなくなってしまう。

「眠れねー!!

あ〜っ、もう眠れねえ！」

つい、布団の中でドッタン、バッタンと暴れてしまう。

階下と隣室から抗議を込めたノックの音が響く。

悪いとは思うが、どうしても苛立ちの方が先に立ってしまう。

「あ〜っ。もうどうしよう」

このままでは、仕事もままならなくなる。

思いあまった彼は、暫く音信不通だが夢の中で唯一顔見知りの後輩に連絡を取ってみようと考えた。

何か彼にも異変が起こっているかもしれないとも思ったからだ。

ただ、彼は有名人で多忙を極めていたから、果たして会ってくれるかどうかは定かでなかった。だが、とにかく連絡してみようと決意した。

夜が明けたその日の午後に、彼は後輩へ連絡を取った…。

話はこれより一ヶ月ほど前に遡る。

ここは、西羅（せいら）という人界において東亜に次ぐ第二の都市。日本で例えれば、京都と奈良を足して二乗したような街である。

東亜が活発な現代文化発信基地であるなら、西羅は落ち着いた歴史文化を象徴する街といえた。特に中心街周辺は自然と歴史の融合の見事さにおいて他の追随を許さない景観美を呈していた。

その西羅の街が一望の下に見渡せる小高い山で、あるトラブルが生じた。


（…）

（…）

青葉（あおば）山では、二つのロケ隊が睨み合っていた。

どうやらどちらが先に撮影するかで揉めているらしい。

片や旅情探偵、弥生田（やよいだ）一夫シリーズのロケ隊。主役は早奈谷高樹（さなやこうき）という巷の人気投票で常にベストスリーに入る人気俳優である。もう一方は、二年前にいきなり彗星のごとく映画主演デビューを果たした、その甘いマスクに似合わぬ信じられない離れ業のアクションをこなしていきなりスターダムにのしあがった櫟哲也（くぬぎてつや）、彼が主演の映画のロケ隊である。早奈谷は、今年二十八歳。

櫟は二十歳になったばかり。主演俳優の格からすれば、当然早奈谷高樹のロケ隊が優先されるべきだったが。

櫟側のプロデューサーは、この世界で右に出る者はないという辣腕の重根大悟（かさねだいご）だった。

結局、今回は監督も兼ねていた彼が元々先に撮影許可を取り付けていた早奈谷側のロケ隊を強引に退かせた。

「ごめん、さなっちゃん、朝いちで来てもらったのに奴らが先に撮ることになってしまった」

ドラマの監督がすまなそうに詫びて来た。

「僕はかまいませんが、他の出演者やスタッフが大変な思いをするのは――」

演技以外では口数も少なく、常に穏やかな対応をする早奈谷の口調にもさすがに抗議めいたものがあった。

早奈谷の思いとは関係なく、重根達はどんどんロケの準備を進めて行った。

早奈谷は重根組の撮影を複雑な思いで見つめた。

その中に櫟哲也の姿を見いだした。

（彼が、人気絶頂の櫟哲也か――）

実際に見るのは初めてだった。

だが、何故か初めてではない気がした。

懐かしいという気持ちとは違う。

だが、その姿を見ただけで何故、こんなにも心が揺さぶられる――妙な気持ちだった。

今までどんなに美しい女性に出会っても、こんな気持ちにはならなかった。

そして、女性のような美貌を持ちながらしなやかな少年の凛々しさを併せ持つ彼もまた早奈谷を見つめていた。

不思議そうな面持ちで――。

だが、彼はすぐに重根に呼ばれてロケ隊のテントに入ってしまった。

早春の山頂で、なす術なく、寒さに震えながら早奈谷のロケ隊は散々待たされた。

その苛立ちはピークに達した。ようやく、ロケが終了して慌ただしく早奈谷のロケ隊が準備を始めた時、重根が早奈谷の許へやって来た。

先にロケをやらせてくれた礼を言うのかと思いきや、重根はこう切り出した。

「もうあんたの時代も終わりだな」

早奈谷の側にいた音声のスタッフが、気色ばんで重根を睨んだ。

しかし、大物プロデューサーに抗議はできない。

呼び水に何も答えない彼に苛立った重根は、更に続けた。

「こ〜んなショボい仕事しかできんのかい。

テレビばっかり出て一般庶民のご機嫌取りばかりするようになったらもうおしまいと違う？

そこをいくと、うちの櫟はすごいぞ。

三作連続大ヒットでこうしてロケも先にできるのだから、な」

「お言葉ですが、我々も誠心誠意を尽くして仕事をしております。

そんな言われようをされる筋合いはありません」

自分はともかく、ロケ隊全員を侮辱する言い方に早奈谷ははっきりと反論した。

重根の背後で櫟が二人のやり取りを眺めていた。

「おう！　あんた、おとなしい人だって聞いていたけど、案外言うねえ。

まあ、テレビでせいぜい数字を取って自己満足してればいいんじゃない？」

その時、晴天だった冬空が一転した。

どす黒い雷雲が立ち込め、凄まじい雷が青葉山を襲った。

蜘蛛の子を散らすごとく人々は逃げ惑った。

「ワァッ！　ワアー！」

一条の雷が、驚いておたおたしている重根をまるで狙いをつけたように襲った。

「危ない！」

間一髪――。

早奈谷が素早く横に跳んで、重根を抱き込んで転がった。

雷の直撃は避けられ、事なきを得た。

まるでそれが合図かのように、雷雲は立ち消え、雷は嘘のようにおさまった。

「重根さん、大丈夫ですか？」

早奈谷が尋ねたが、彼はあまりの驚きとショックで口をあんぐりと開けたまま、放心状態だった。

早奈谷はゆっくりと立ち上がった。

重根は取り巻き連中に引き取られて行った。

早奈谷の頬には、倒れた時の泥がこびりついていた。

それに気づいた櫟は、駆け寄ってフェイスタオルで泥を拭った。

「ありがとう。タオルを汚してしまったね」

「いいえ、そんな…。

あの、プロデューサーを助けていただいてありがとうございました」

間近で彼を見て、早奈谷の中で最初に檪を見た時の思いが鮮やかに甦ってきた。


西羅でのロケが無事に終わり、二人は仕事の本拠地である東亜に戻った。

二人は、半月の間に何度か会って親交を深めていた。

その日も二人はレストランで食事をしていた。

早奈谷は北部地方の生まれで、東亜大学に入学するまではずっとその土地で暮らしていた。

両親は既に〝空世〟に帰っていたが、成人するまでは大事に育ててくれた。

檪は捨て子だったと自らの素性を明かした。

二人は本当に短い間に打ち解けた仲になっていたのだが。

食後のデザートが運ばれた時、早奈谷は懐かしげに声をあげた。

「珍しいな。僕の故郷でよく食べるデザートだ。これは、すぐに食べないで少し口に含んで味わうものなんだよ」

美しいクリスタル・ブルーのゼリーに黄金色の蜜をかけて食べるそれを、早奈谷は嬉しそうに口に含んだ。

そして、檪にもそう食べるように勧めた。

檪は、早奈谷に言われた通りにゼリーをゆっくりと口の中で転がした。

「本当だ。僕も一度食べたことがありますが、こうして食べた方がずっと美味しいです」

無邪気に喜ぶ檪を見て微笑んでいた早奈谷だが、突然その顔が曇った。

早奈谷は気づいてしまった。

この若者に対する感情が、友情というにはあまりにも熱い思いであることに。

早奈谷は、自分の思いに打ちのめされた。

自分は今までに何度か女性と交際したし、同性に惹かれたことなどなかった。

それなのに――。何故この目の前の若者に心を奪われているのだろうか、と。

「すまない。悪いが今日はこれで失礼させてもらうよ」

精一杯の平静を装って、早奈谷は伝票を取ると、出口へと向かった。

「早奈谷さん！」

檪が悲しげな声で呼んだ。

思わず立ち止まった早奈谷に檪は告げた。

「もし、貴方の思っていることが僕の思いと同じだとしたら、僕は――僕はその思いを決して恥じたりはしない！」

最後は涙まじりの声だった。

だが、早奈谷はその言葉にうろたえながらも、何も言わずにレストランを飛び出した。

それからは、携帯電話に櫟から連絡が入っても一切無視をし続けた。

諦めたのか、櫟から連絡が来なくなって一週間近く経った。

だが、夜中までの仕事を終えてマネージャーと別れ、馴染みの地下駐車場に車を取りに行った。

そこに、櫟がいた。

「ここで待っていれば、会えると思っていました」

櫟は、微笑んで早奈谷を見つめた。

だが、すぐにその表情に困惑の色を認めて悲しげな顔になった。

「あれから全然連絡が取れなくなって、僕があんな言い方をしたから早奈谷さんが気を悪くされただろうと謝ろうとずっと思っていたんです。

でも、仕事とか忙しくて本当にどうしようかと……」

櫟はうまく話せない自分に苛立っていた。

言いたいことは判っている。ただその思いを告げても、この人は決して応えてはくれないだろう。

櫟にはそれが堪らなく切なかった。

「すいません。ただ、ちゃんとお別れが言いたかった。それだけです。もう会いません。

でも最後にこれだけは謝りたくて……。

青葉山のロケで雷落としたの、多分俺です。

昔から感情が昂（たかぶ）ると俺の周辺で雷が落ちました。

暫く落ち着いていたと思っていたけど、あの時重根さんが貴方に失礼な言い方をしたから――。あの人、大恩人だけどひどいって思ったらいきなりあんなになってしまった。

危険な目に遭わせてすいませんでした」

櫟は、一礼すると駐車場から出て行った。

「櫟――」

早奈谷は、その姿が消えてからその名を呼んだ。
自分を偽れば良かったのか。
友として或いは弟のように接すれば、ずっと付き合えたかもしれない。
だが、できなかった。
そして、真の思いのままに交流する勇気もなかった。
自分は最低の人間だ――
その思いが早奈谷の胸に苦く広がっていった。

今は、仕事に打ち込もう――。
忘れられなくても、忘れなければ――。
あの人を苦しめてしまう――。
身勝手な思いを一方的に押しつけて――。
なんて情けない――。
櫟は、自分の行動を恥じた。

そんな折、櫟は仕事で再び西羅へ赴いた。

櫟の映画制作のスポンサーでもある西羅最大の園所（えんしょ）である荘厳園。（人界の神社仏閣に相当する言葉。以下、園〔えん〕と表現する）そこの大僧正たっての依頼で園の今年開催される百年大祭のメインキャラクターに抜擢されたのだった。

西羅――。あまり行きたくない場所だったが、我が儘は言えない。人気はあるが、まだまだ駆け出しの身分では仕事の選り好みなど許される筈もなかった。

一方、早奈谷は東亜でナレーターやドラマの仕事を休みなくこなしていた。

彼の人気はすっかり定着していて、俳優部門で常にベストスリーに入る不動の人気を維持していた。あれから一週間が過ぎ去った。

彼らは仕事絡みで共演でもしない限り、二度と会わないと互いに思っていた。

だが、運命は再び二人を出会わせるべく、大きく波打ってきた。

もう一人の人間を巻き込む形で――。

西羅で櫟は古（いにしえ）の童子の扮装をして、蝶の妖精の姿をした幼い少女達との撮影に勤（いそ）しんでいた。

もう二十歳になったのに、自分が童子なんか演じていいのかなと思ったが、化粧をすると元が美形なので良く映える。

女装とまではいかないが、華やかな時代物の衣装をまとった彼は息をのむほどに美しかった。

人見知りをする質（たち）だが、幼い女の子達とはすぐに仲良くなった。

ベテランの女性マネージャーに、お遊戯会で子供達と踊る保母さんみたいだと笑われた。

彼女は、櫟の芸能界デビューと共に付いてくれた人で、彼は姉のように慕っていた。

撮影も無事に終わり、化粧を落としていつもの若者らしいラフな姿に戻る。

櫟は厚手のギンガムチェックのシャツにデニムのジャケットを着込んだ。

「いやぁ、素晴らしい作品が撮れました。

これで大祭の見物客もバッチリ動員できますよ」

園の中年の広報担当も上機嫌だった。

「お疲れ様でした」

櫟は園の関係者に挨拶して、マネージャーと共に退出しようとしたが、彼女の姿が見当たらない。

不安になって周囲を見渡していると、若い僧侶が彼女は急用が出来て先に帰ったと伝えて来た。

「それでは、僕も失礼させていただきます」

結構ハードな撮影だったので、櫟は早くホテルに戻って休みたかった。

だが、若い僧侶は少々お待ちをと言って彼を控えの間に足止めした。

そして、茶と菓子を彼の前に置いた。

喉が渇いていたので、櫟は茶を頂いた。

途端に目の前がグルグルと回り始めた。

（一服、盛られた？）

だが、そんな真似をされる理由が判らない。

（一体、どうして？）

眠り薬では、ない。

意識は意外と鮮明だ。ただ、体が思うように動かない。痺れ薬なのだろうか。そんな思いを巡らせながら、櫟は耐えきれずその場に倒れこんだ。

冷たい畳の感触。

遠近感や平衡感覚が歪んでいる。

そんな中——何かがこちらにやって来る——

人にしては変な形をしている。でも、その姿には見覚えがあった。

撮影前に挨拶をした、ここで一番偉いお坊さんみたいだ。

何か言っている。段々、はっきりと聞こえて来た——。

「美しき童子よ。我が園の人柱に選ばれし者よ。その身を捧げらるるを光栄と思え」

頭が激しく痛む。まるで頭の中でガンガンと銅鑼を鳴らされているようだ。

人…柱？


雨乞いや築城などに臨む際に、その達成を祈って美しい娘や童子を生け贄として神に捧げる。——僕をその人柱にする？

何故？

僕がここに呼ばれたのは、荘厳園の宣伝の撮影をするためではなかったのか？

大僧正は更に近づいて来た。

さっき、異様な姿だと思ったのは、その肩に赤目の白蛇を掛けていたからだった。にしき蛇ほどの大きさの—。

白蛇は、二股に分かれた紅い舌をチラチラと出している。当たり前だ。蛇なのだから。

しかし、それを肩に掛けている白衣に銀色の袈裟（けさ）をまとった僧侶の舌まで二股に分かれているのは何故だろう？

蛇そっくりの舌をチラチラと揺らして、迫って来る間延びした容貌の僧侶――。

年の頃は四十半ばか――。

「これで又寿命が百年延びるわ――。

我らは人界より出ずる邪神ゆえ、空世には行けぬ。

こうして美しき人柱を食らいて生き長らえるが定め――。

童子よ、覚悟せよ」

もしかして、この人お化け？

自分、食べられる？

不味いと思うけど――。

あまり脂がのってないよ――。

どこかにまるでこの出来事を全くの余所事（よそごと）にしている自分がいる――。

それほど、目の前に繰り広げられている光景は現実離れしていた。

「諦めたか。逆らいもせず、素直に食らわれるか。良い子じゃ」

僧侶が櫟の肩に手を掛けた。

ドクン、ドクン――。脈打つ音が体内を駆け巡った。一瞬、早奈谷の姿が脳裏をよぎった。

どうして?

何故、突然彼の姿が頭に浮かぶ?

その時、櫟の頭に直接語りかける者がいた。

――あれなるは、そなたの従者である。

即ち、従神(じゅうしん)。

(従神? 何?

意味が判らない)

――そなたは、空世を通じて神界より遣わされし神、神界の王なり。

(王?

ああ、そういえば重根先生が、お前は芸能界の帝王になれっていつも言っているけど。

違うの?

どういう意味？）

その時、薄ぼんやりとしていた視界がはっきりと開けた。
頭の淀みが晴れてすっきりとした。
——そうだ！
俺は!!
櫟の右手から鮮やかな閃光がはなたれた。
「下がれ！
下郎！」
まともに閃光を食らった僧侶は一気に五、六メートル吹っ飛んだ。
シュウシュウと煙がその体から噴き上がった。
僧侶は半端ではない衝撃を受けた。

その肩にいた白蛇が猛り狂って、櫟に襲いかかって来た。
櫟は、控えの間を飛び出して廊下を走り抜け、園内裏手の広大な草原へと向かった。
白蛇も後を追う——。

そして、一瞬にして十メートルはある金目の大蛇に変身した。

「けっ！　それが正体か‼」

先刻までの弱々しい面影は消え失せ、眼前の敵の凄みが増したのを、むしろ喜んでいる豪気な若者がそこにいた。

「く…」

僧侶はよろめきながら体を起こした。

そこには、一挙に五、六十歳も年老いた姿の僧侶がいた…。

一方、ここは東亜の繁華街——。
同日のほぼ同時刻——。
真影（まかげ）は、大規模な喫茶店の一番奥の席で早奈谷に向かって手を振った。
「おーい、ここだ。ここだ」
（変わらないな、あの人は）
早奈谷は苦笑しながらサングラス越しに先輩を見つめた。
真影　周（まかげ　しゅう）
三十四歳。

やや大柄でしなやかな体躯。

独身。結婚歴なし。

取り立ててアクの強い容貌ではないが、その眼光の鋭さにはただならぬものがあった。


六歳年長の彼が、早奈谷の大学生時代の先輩にあたるのには訳がある。

彼がご丁寧にも一年ごとに休学したからである。真影が四年の時に東亜大学芸術学部演劇科に早奈谷が入学してきた。

既に芸能界から何度もスカウトされていた、際立った存在の早奈谷は最初から注目の的だった。

休学中も演劇科に出入りして、まるで牢名主みたいな存在だった真影も彼を気に入り、何かと面倒をみてきたのだった。

学生同士としては、たった一年の付き合いだったが、彼らはその後も頻繁に会っていた。

真影は色々と世間についてレクチャーしてやったりしていた。

だが、四年前にちょっとしたことがあり、早奈谷が俳優として多忙を極めたせいもあって、ここ四年間は全くの音信不通だった。

その真影から早奈谷に突然の連絡が入ったのが三日前だった。

正直、櫟のことがあり早奈谷にとって彼は今、会いたくない人ベストスリーに入っていた。

だが、無下に断るわけにはいかなかった。

昔、散々世話になった先輩である。

「先輩、お久しぶりです」

「おうっ！　まる四年ぶりだな」

（相変わらず、声の大きな人だ――）

本人に自覚はないようだが。

仮にも自分は一応有名人で、お忍びで来ているのだから目立たないように行動してもらいたいのだが。この喫茶店は夕方から居酒屋を兼ねていて、客の大半は酒をたしなみ、各々楽しんでいたから今のところ早奈谷の存在に気づいていなかった。

「すまんな。仕事が忙しいのに呼び立ててしまって。

でも、どうしても相談したくてな」

「そうですか。僕でお役に立てればいいのですが」

「まあ、とにかくこれを見てくれないか」

真影はセカンドバッグから一枚のスケッチを取り出した。

それは、奇妙な風景画だった。

全体は、薄暗がりの洞窟。

非常に精巧に描かれている。

ひんやりとした雰囲気さえ醸し出すほどに。

絵の中央に岩戸らしきものがあり、そこには一枚の白い紙が貼り付けられていた。

いきなりこんな絵を見せられて、早奈谷は困惑した。

「一体、これは何なのですか？」

真影は苦笑いを浮かべて言った。

「実は、俺な、ここ半年ばかり不眠症に悩まされているのだよ」

「不眠症、ですか？」

「変な夢を見て、どうしても眠れなくなっているんだ。

毎晩、夢の内容が同じなんだ。まず、最初にこの洞窟が出てくるんだ。

あんまり毎晩、きっちり同じのが出てくるので覚えてしまった。それで、ここに描き写してみたんだけど」

真影にどれほどの絵心があったか、早奈谷は覚えていなかったけれど、そのスケッチはなかなか上手に描かれていた。

「我ながら、これはよく描けたと思う。

とにかく夢の舞台はいつもこの洞窟なんだ。

それで、次に変な話なんだが、俺そっくりの老人がこの紙に何か呪文らしきものを書いている。

俺は、その夢には登場していない。映画を観ているような立場で、その場面を眺めている。

やがて、周囲に複数の人間が蠢（うごめ）いているのが見える。

毎晩その場面は微妙に変わるのだけど、そのうちの一人がどう考えてもお前さんなのだよな」

「はあ？」

「早奈谷もこんな夢を見たことあるか？

何か空世か神界からの啓示じゃないかな？」

「いいえ、僕はそんな夢は――」

ただの一度も見ていません――。そう言うつもりだった。

しかし、次の瞬間――、
ドクン、ドクン―。視界が波打っている――。
明るく騒がしい店内が揺らいだ。
目眩（めまい）？
頭が、体が回転してゆく――。
「おい、早奈谷、どうした？
大丈夫か？」
驚いて声をかけてくる真影の声が遥か彼方から聞こえた。
「わた…しは」
落ち着きを取り戻したかに見えたが、彼は煩わしげにサングラスを外してしまった。
「あ〜っ。この人、俳優の早奈谷高樹じゃないの！
ワ〜ッ！　信じられない。
こんな所にいるなんてぇー」
いかにもミーハーっぽい若い女性が大声で叫んだ。
忽ち、彼は注目の的になってしまった。
「早奈谷高樹だーっ。

ワーイ！　本物を初めて見たーっ」
「格好いいー！　すっげえ美形じゃん」
「一緒にいるのは、お友達かな？」
「高樹さ〜ん、サインしてえー」
どこから調達してきたのか、サイン色紙を持って迫る女性も出てくる始末。
だが、意外にも高樹という名前に彼は反応した。
「私は——高樹？　いや、違う。
私の名は——私の贈り名は、
マナ…イ。
マナイだ。
だが、その名はまだ名乗れない。
名乗るのを禁じられて…いる」
「おい、早奈谷、何を言ってるんだ。
しっかりしてくれよ。
おーい」
周囲の騒ぎもさることながら、真影は早奈谷に相談したことを後悔した。

まさか、早奈谷がこんな状態になってしまうとは――。

「す、すいません。皆さん、彼は今プライベートなもので」

言い訳をしながら、店を出た。

駐車場に停めてあった彼の唯一の財産といえる四輪駆動車、ランドクルーザーに早奈谷を押し込めた。

「…」

早奈谷はまだ夢うつつの表情だった。

「さて、どうしたものか――。

病院へ連れて行かなくちゃ、駄目かな？」

真影が途方に暮れていると、早奈谷はいきなりガバッと起き上がった。

「ヒエッ」

真影は驚いてすっとんきょうな悲鳴を上げた。

「あの方が――」

早奈谷は大きく目を見開いて呟いた。

「あの方が、私を呼んでいらっしゃる――。

行かねば…私は西羅に行かねばならない」

「い、今から西羅に？　ってもう九時過ぎだぞ」

着く頃には日付が変わってしまう。

それにあの方って誰なのだよ⁉　完全にどこかが切れてしまっている――。

こんな早奈谷を見たことがない。真影は焦った。早奈谷は黙ったまま、後部座席から運転席へと乗り換えた。

助手席にいた真影が止めるまもなくいきなりランクルを発進させる。

「すいません、先輩、車をお借りします」

事後承諾かよ！　いきなり何なのだよ！

真影のそんな思いは全く無視されて、ランクルは一路、猛スピードで西へ向かった。

だが、間もなく早奈谷は絶望的な声を上げた。

「駄目だ。これでは間に合わない。もっと急がなければ――もっと――」

譫言（うわごと）のように繰り返すと、いきなり車を路肩に止めた。

そして何やら手を組み瞑想を始めた。

こら、何やっているんだと突っ込む暇があればこそ、一瞬暗くなったと感じたらガラリと景色がその様相を変えた。

「ここは、西羅の荘厳園の境内です」

早奈谷は疲れ切った声で説明した。

「え？　え？　せ、西羅って嘘だろう。

俺達、たった今まで東亜にいたんだぞ」

真影には、さっぱり訳が判らなかった。

早奈谷の様子がおかしくなってから、まだ三十分と経っていない。腕時計は、九時二十五分を指している。一体、何が起こったのか。常識ではあり得ない出来事が現実に起こっている。

「真影さんは、ここにいらしてください」

早奈谷は一人で行動するつもりだ。

「いやだーっ！　置いて行くな。俺も行く。絶対についていくぞ」

こんな訳の判らない状況でおいてけぼりをくってたまるか！

真影は早奈谷にむしゃぶりついて離れようとはしなかった。

「真影さん…」

仕方なく、早奈谷は彼の同行を許した。

ここは、荘厳園の駐車場の一角――。

殆ど一瞬で東亜からここへ移動したというのか――。

早奈谷に問い質している暇はない。

彼は忍び足ながらかなりの速さで荘厳園の事務所らしき建物に歩みを進めた。

明かりがついた一室に、広報担当者、若い僧、櫟のマネージャーまでがいて何事か話していた。

「――ったく。

何年もあの傲慢な重根の下で媚を売ってさあ。うまい具合にあの子のマネージャーになってこの仕事を持ち込んで、本当に大変だったのよ」

「いやー。ご苦労様でした」

広報担当者は、酒をあおりながら、実は荘厳園の回し者だったマネージャーの労をねぎらった。

「人柱は、極めて美しい者でないと邪神様も僧正様も納得なさりませんからな。で、重根プロデューサーにはどう説明なさるおつもりですか？」

「それは考えてあるわ。

荘厳園から帰る途中で交通事故であえなく炎上――。

空世行きってとこね。

まあ、食われたら空世にも行けないいんだけどさ。重根の奴、相当ショックを受けるんじゃない？

あの子を大スターにすると息巻いていたからさ」

真影には何のことやらさっぱり判らない。

女マネージャーは、広報の親父に尋ねた。

「それより、僧正さんは約束の物をちゃんと渡してくれるわよねー」

「それは勿論…誰だ⁉　貴様！」

広報担当者は、いきなり現れた早奈谷に驚いて怒鳴った。

「あの方は、どちらにいらっしゃるのですか？」

言葉尻は丁寧だが、密かな怒りが込められていた。

「貴様、俳優の早奈谷高樹！」

早奈谷はいきなり手先を丸めて印を結んだ。

一瞬で、短刀を持って躍りかかろうとした若い僧も含めて三人はその場に倒れた。

「さ、早奈谷、お前さん――」

真影は恐怖にうち震えた。

自分もやられる？

いくら昔は親しかったと言っても、四年振りに再会したばかりである。

「だから、車で待っていてくださいと申し上げたのです——」

もはや、正体を隠しきれないと彼は覚悟を決めた。

「ご安心ください。彼らは眠っているだけです」


その時、凄まじい雷光が辺りに一瞬の眩しさをもたらし、程なく耳をつんざく雷鳴が二人を襲った。

「ヒエーッ！

ち、近いぞ。

俺、雷は駄目なんだよーっ」

「それならば、ここにいらしてください」

「いやだ！

こいつらが目を覚ましたら俺がやられる。ついて行くぞ。どこまでも」

「…判りました」

早奈谷はこの頑固な先輩を最後まで付き合わせようと決意した。

二人は雷の鳴った方向へ駆け出した。

そこは、荘厳園裏手の広い草原だった。

そして、ひどく疲弊した体（てい）の老僧がつくねんと佇んでいた。

「そなた、癒し神だな」

老いさらばえた僧は、早奈谷を指差してそう呟いた。

「ようやく現れおって…。

まあ、良いわ。我が朋輩と争える荒ぶる神を鎮めたまえ」

早奈谷は、眉をひそめて僧侶を睨みつけた。

「貴方という方は…」

一体、何が起こっているのかさっぱり理解できない真影は、ただ呆然と彼らのやり取りを眺めていた。

そして、空を見上げると時折、響き渡る雷鳴。漆黒の闇に二つの黄金色の放物線が描かれてゆく。

その光達は明らかに戦っていた。

圧倒的に勢いで勝るのは、小さな方の光だった。

小さな光は、大きなだけで動きの鈍いもう一つの光をいたぶるかのごとく、素早く攻撃を繰り返した。

ヒュン、ヒュンとぶつかり合う音が真影の耳にも届いた。

「早奈谷〜っ。一体、どうなっているんだよーっ⁉」

詳しい事情を知っていそうな後輩に、彼は泣きついた。

「すいません。真影さん、事情は後ほど説明します。

暫くおとなしくしていてくださいませんか」

「はいーっ。

判りましたぁ。でも、空世行きからはお守りくださいーっ」

〝死〟が存在しない人界だが、人は突発的に事故等でいきなり空世に行かされるのを〝空世行き〟と称している。

それを非常に怖れる傾向があるのだ。

「それは、私の全てに換えてもお守り致します」

早奈谷は力強く頷いた。

今は、彼を信じるしかない——。そう悟った真影は、それ以上は何も言わずに早奈谷の行動を見守ろうと決めた。

その間も二つの光の戦いは続いた。

やがて、優位にあった小さな光は相手を完全に駆逐した。

目をこらして見ると、それは人の形だった。

そして、大きな細長い光は蛇のようだった。

その光の大蛇は、上空から地上へと真っ逆さまに落下した。

「やったぜ！」

若い伸びやかな男の声が真影の耳に響いた。

小さな光は、ゆっくりと地上に舞い降りた。

早奈谷は、真っ先にその光を帯びた人間の許へ駆け寄った。

そして、何の躊躇もなく、三界（さんがい）の礼の姿勢をとった。

（おい、早奈谷、それは――）

何て真似をするんだと真影は思った。

三界の礼――。

利き手を反対側の肩に預け、片膝をついて深々と頭を垂れる。

本来は、神々の間で執り行う礼である。

位の低い神が、上位神に対して服従と忠誠心を示す、簡素だが恭順の意思を顕す重要な礼だ。

神々の間では日常的な礼とされているが、人界で人が人に対して行うのは極めて稀である。

何故なら、この礼を捧げた相手に人界にいる間、奴隷のごとく仕えると自ら宣言したとされるからだ。

まあ、光って空を飛んでいるのだから並みの人間ではないのだろうが。

「――様。

どうぞ、お心をお鎮めください」

何か名を呼んだらしいが、真影には早奈谷が何と言ったか聞き取れなかった。

だが、光を帯びた人間が発した言葉はよく聞こえた。

彼は、こう言ったのである。

「うるっせー！

馬鹿野郎！

遅えんだよ。てめえは。

今まで何していやがった⁉」

体はまだ光を帯びていたが、どう見ても十八、九にしかみえない少年が、早奈谷に対して暴言を吐いた。

だが、早奈谷は咎め立てもせずに、ひたすら姿勢を崩さずに答えた。

「お許しください。つい今しがたまで東亜におりましたゆえ」

「まあ、いいさ。

これからは気をつけろ」

少し落ち着きを取り戻した若者はそう言った。

だが、早奈谷の背後に隠れている老僧の姿に気づくと口元を歪ませて尋ねた。

「おい、お前の後ろにいるじじいは何者だ？」

「この人は――」

早奈谷が返事に窮していると、若者は瞳を黄金色に光らせた。

「てめえ、あの邪神とつるんでやがった坊主だな。

この俺を事もあろうに人柱にして食おうとしやがった。

絶対に許さん‼　八つ裂きにしてくれる！」

若者は右手を突き出して、小声で呪文を唱えた。

途端に僧侶の周辺の草が、まるで鎌イタチにあったごとく真っ二つに切り裂かれた。

「ひぇぇーっ」

老僧は怖れおののいて、その場にへたりこんだ。

「おやめください！」
更に攻撃を仕掛けようとする若者と僧侶の間に早奈谷が割って入った。
「もはやこの僧は何の力も持ち合わせてはおりません。
無益な神罰をお与えになるのは決して許されるものではありません！」
「黙れ！　そこをどけ！
従神（じゅうしん）の分際で俺に意見する気か!?」
「お気持ちは判ります。
ですが、今はお引きください。
今上（きんじょう）最高神、
シュナク・サーレ様！」
「うるさい！
その名を呼ぶな！」
しかし、早奈谷は怯まなかった。
「最高神様は、無上の慈悲神であらせられます。
何とぞ、お心を鎮められますようにお願い致します」
「黙れ！　あんたはいつもそうだ。

俺の——俺の気持ちを無視しやがって！」
何故か涙声——。
この二人は、以前からの知り合いなのか？
(そうだ、このガキどこかで会ったぞ)
と真影は思った。
それにしても、この状況はまずい。
「早奈谷、やばいぞ！
このガキ、本気だ。
そんなじじいを庇ったら、空世に飛ばされるぞ！」
若者は、真影に顔を向けて不敵に笑った。
「このオッサンの言う通りだぜ。
俺があんたに甘いと思ってたら大間違いだ。
判ったら、さっさとそこをどけ！」
だが、早奈谷は引かなかった。
「主の過ちを正すのも、従神の務めであります。
どうかお引きください」

「これ以上邪魔立てするなら、貴様ごと打ち砕いてくれるわ！
覚悟しろ！」
「やめろ〜っ!!」
真影は、必死に二人の間に割って入った。
「じじいはともかく、早奈谷は俺の大事な後輩だ。
見捨てられん!!」
「先輩、危険です！
おどきください！」
「いちいち、煩わしい奴らだな。
まとめて面倒見てやろうか！」
「最高神様！」
悲鳴にも似た早奈谷の叫びが響いた。
その時、瀕死の大蛇が最後の力を振り絞って再び、空へ飛んだ。そして、雷を繰り
出し始めた。
夜空全体に雷鳴が鳴り響いた。
不意をつかれて、若者は反射的に怯んだ。

真影は自分でも驚く素早さで、若者の背後に回り羽交い締めにした。

意外な攻撃に若者は驚き、すぐには抵抗しなかった。

「何しやがんだ！

放しやがれ！」

「どう、どう、どう。

とにかく、落ち着け。

お前、興奮しすぎだぞ」

「俺は馬じゃねえ！

何がどうどうだ」

「じゃあ、もう降参、降参。

お宅様が強いのはよく判りました。だから、もう――」

真影がそう言いかけた時、へたりこんでいた僧侶が最後のチャンスとばかりに脱兎のごとく走り出した。

「危ない！　およしなさい」

あわてて早奈谷が制したが、遅かった。

一条の雷が一発で僧侶を貫いた。

忽ち黒焦げになって、草むらに倒れこんだ。

「…」

三人は呆然としてその姿を眺めた。

背後に冷たい視線を感じた若者はあわてて首を振った。

「俺じゃない、今のは俺じゃないぞ」

弁解するまでもなく、雷の攻撃は、彼らにも容赦なく襲いかかってきた。

「ヒエーッ！　お、助けーっ」

真影は若者を突き放すと、草むらにうずくまって頭を抱えた。

「先輩、大丈夫ですか？」

早奈谷は、彼に覆い被さって庇った。

「チッ！　しょーがねえなあ」

若者は舌打ちをして、空に向かって叫んだ。

「俺も雷（らい）の性（しょう）だ。

邪神！　イタチのさいごっ屁もおしまいだぜ！」

彼は、空に向かって左の人差し指を突き出して叫んだ。

「天空総雷波！」

途端にその指先から、壮烈な光の波が天空全体に拡がり、蜘蛛の巣のごとき紋様に転じた。

ややあって、響き渡る雷音。

その一瞬の紋様がかき消えると同時に邪神のものらしき絶叫が響いた。

「ケッ！　ざまあみやがれ」

若者は、天空に向かって悪態をついた。

やっと落ち着きを取り戻した真影は、彼を見上げた。

（すげえー）

このガキは一体何者なんだ？

確かにどこかで会ったことがある。

早奈谷とも知り合いらしい。

「あ〜っ！」

真影は叫んだ。

「思い出した。

お前、アクション俳優の
櫟哲也だな！」

「つまり、我々は空世より人界に遣わされた神なのです」

ベッドには、散々荒れ狂っていた若者が安らかな寝息を立てていた。

「現在の神界が混沌の世界に還っているのはご存じでしょう。

神々も神界と一体化して、混沌の中にあり個々の存在を失っています」

「はあ、左様でございますか」

片手に焼酎のオンザロックを持って、ちびりちびりやりながら、真影は早奈谷の説明に耳を傾けていた。

「しかし、一部の神々は最初から空世にあって、混沌を免れました。その空世にある神々は、ある使命を果たすために人界に人として誕生します。そして、成長後に神界からの命により神の力を得るのです。

これを〝降臨〟と呼んでいます。

我々には、その降臨の時期が来たのです」

「…」

真影はここに来る前の出来事を思い浮かべた。荘厳園近くの草原——。

早奈谷は、痛ましげに僧侶の亡骸を見つめていた。

人界でも、死体らしきものは残るのである。

「行っちまった者は、しょーがねえじゃんかよ」

相変わらず、神とは思えぬ口調で櫟は言った。

「いいえ、私が思っているのは——この僧は私が倒すべきだったということです」

思わず、

「え!?」

と同時に二人は目をむいた。

「表向きは神の従者を装い、影で罪なき者を徒（いたずら）に苦しめる——

このような者に人界において生きる資格があろうはずがありません」

「けど、お前はあいつが神罰とやらを下そうとした時に、必死に止めたじゃないか」

「それは、最高神様のお手を汚すのが憚られたからです」

真影は早奈谷を見つめた。

（そうは言っても、お前はじいさんを倒さなかっただろうよ。

昔からどこか人間離れした優しさを持っていて、周囲の連中に半端なく慕われてきた奴だからな）

今の台詞もこの若者を気遣ってのものだろう。
「ファー。アアーッ」
間延びした欠伸が聞こえた。
「疲れた。寝る」
櫟はその場に崩れ落ちるように横たわると、あっという間に寝入ってしまった。
早奈谷は彼の許へ駆け寄ると、櫟を背中に背負った。
(一体、何なんですかーっ。
このガキは)
真影はただ呆れ果てるばかりだった。
「真影さん、行きましょう」
早奈谷に促されて、真影は慌てた。
「ちょっ、ちょっと待てよ。
どうすんの？
あの人」
真影は、僧侶の亡骸を指差した。
早奈谷の瞳が、赤く光った。

一瞬で亡骸は草むらから消え去った。

真影は、この後輩ももはや人ではないと改めて思い知らされた。

そして、今はこのホテルの一室で真影は早奈谷から神についてのレクチャーを受けているのである。

「シュは神。

ナクは統（す）べる。

サーレは万物を意味します。

万物を統べる神――即ち、最高神というわけです。

あの方は、神界の大神であらせられる、
シュナク・バズーラ様の流れを汲む神界の王であります」

早奈谷の説明は明解だった。

「あいつのことは一応判った。

それで、早奈谷、お前さんはどういう立場なんだ？」

「私は、今上最高神様の僕（しもべ）にあたる者です。

主神たるシュナク・サーレ様のお側に仕える従者、従神と呼ばれる者です。

最高神様の御技（みわざ）が恙（つつが）なく執り行えるよう、取り計らうためにのみ存在する者です」

「それは、執事やマネージャーみたいな役目なのか？」

早奈谷は頷いた。

真影はフゥーと大きく息をついた。

「何だかまだよくは判らないけど、俺はとんでもない場面に巻き込まれちまったんだな」

「申し訳ありません。

私にも突然の出来事でしたのでご迷惑をおかけしました」

早奈谷は深々と頭を下げた。

「まあ、それはいいさ。

お前だって、びっくりだったろうからな」

真影は、後輩の謝罪を優しく受け入れた。

彼は猫のように体を丸めて寝入っている櫟を眺めた。

これがあの猛り狂っていた若者とは信じられないほど、無垢な寝顔だった。

「神様…ねえ。

今までフツーに暮らしていたのに、いきなりあの力が出てきたら、そりゃ、興奮もするだろうな」

「本当に…仰る通りです。

シュナク・サーレ様のお気持ちを考えると私は…」

「だけど、お前だって普通の人間から神に変身したっていう事実はあいつと変わらないんだろう？

それは、大変な重荷ではないのか？」

真影はあの若者ばかりを気遣い、自分のことはなおざりにしているとしか思えない後輩を慮（おもんぱか）ってそう尋ねた。

「いいえ、私の重荷など、あの方が背負われた定めの重さに比べれば、物の数ではありません」

「早奈谷――」

真影は六歳年下の後輩の整った面輪を見つめた。

その優れた彫刻のような美しい横顔に刻まれた憂いを憐れとしか思えなかった。

しかし、早奈谷にとっての本音は真影の思いの埒外（らちがい）にあった。

自分の愛した対象が、実は自分と同じ神であったという事実は早奈谷の中でむしろ喜ばしいものだった。

あんなにも短期間にこんなにも魅せられたのは、神としての絆であったと納得できたからである。

だが、あまりにもかけ離れた身分の差を実感してゆくうちに、早奈谷の中で新たな悩みが生じた。


人であるうちは、二人は対等な立場だった。

芸能界におけるキャリアや年齢の差など、神界の王たる最高神とその従神との決定的な隔たりに比べれば、文字通り物の数ではなかった。

（私は私である限り、未来永劫あの方の盾となり、僕（しもべ）となる身の上となった。

私は、たとえそれがどんなに辛いものであっても実践していかなければならない。

だが、最高神様には――自分がこれから接してゆく態度は納得のゆくものではないだろう）

初めて神同士として接触した時の櫟、いや、最高神の怒りの内部（なか）にあった涙を彼は見逃してはいなかった。

「あんたはいつもそうだ。

俺の——俺の気持ちを無視しやがって！」

最高神はそう言った。

「もし、貴方が思っていることが僕と同じなら僕は——その思いを決して恥じたりはしない!!」

真っ直ぐに彼はそうも言った。

自分が全ての思いをかけた相手が、実は自らの僕の一人に過ぎなかった。

そして、この頑固で融通の利かない従神は、もはや自分を愛情の対象としては見てくれないだろう。これから先、どれほどの時を経ようとも。

早奈谷にはそうした櫟の思いが手に取るように察せられたのだが——。

（お許しください。シュナク・サーレ様。これが我らの定めであったのです。

我らには人界での務めが、天敵との戦いが控えております。

貴方がお目覚めになった瞬間から、私は忠実な僕として生きる所存にございます
——）

真影は、早奈谷の真意を知る由もなく、ただ黙って焼酎を呑み続けた。

やがて、大きな伸びをして最高神が目覚めた。

彼は真影の姿を認めるとニヤリ、と笑った。

「俺は、オッサンを気に入っているんだぜ」

真影が持っていたグラスを掠め取ると一気にあおってそう言った。

「いきなり俺のバック、取ったろ。

すっげえいい度胸してるじゃん！」

バックも何もあの時は無我夢中だった。

警告しても引かない早奈谷を何とかして守らなければ、という思いで一杯だった。

櫟はあの時の経緯（いきさつ）をかいつまんで説明した。

百年大祭の宣伝にかこつけて、自分を園に呼び寄せ、人界でしか生きられない邪神コンビは人柱（櫟）を食らって生き延びようとした。

だが、その時の恐怖が引き金になったのか自分は神として〝降臨〟した。

全く危機一髪だった。

僧を退け、あの邪神と戦っている最中に従神早奈谷とオマケのオッサンが現れた。

すったもんだの結果、邪神の最後のあがきである落雷攻撃で、皮肉にも僧は黒焦げとなった。

その後、自分に止めを刺されたわけである、と。

事情を知れば、あの老僧はああなっても仕方がない罪を犯していたのだ。

百年ごとに人柱を食らっていたのだから。

「で、従神早奈谷――。俺達の秘密を結果的にかなり知っちまったこのオッサンをどうするつもりだよ?」

突然、矛先が自分に向かって来たので、真影は大いに焦った。

まさか、
やられる?

冷や汗をかきながら、早奈谷の方に目を向けると、彼は何かを言おうと口を開きかけた。

だが、それを櫟が遮った。

「おーっと、悪いがそれは言わせないぜ」

「最高神様――」

「いちいち、様なんてつけるな。人前で俺をそう呼ぶわけにはいかねえだろう?

今まで通り、櫟で構わん。

二人だけの時は最高神だ。

いいか、これは命令だからな」
「はい…」
早奈谷は静かに頷いた。
「まあ、俺としても難しい判断だとは思うけどよ。
あれだけ俺の力を見てもめげずに、俺を止めたそのくそ度胸に免じて――」
櫟は、勿体ぶって咳払いをした。
「無罪放免だ！
書きたけりゃ、俺達のことを暴露したって構わないぜ。芸能リポーターさんよ。
尤も、誰も信じやしないだろうがな」
このガキ――。
この糞ガキ――。
言いたい放題言いやがって――。
真影はホッとすると同時に、怒りが腹の底から込み上げて来た。
(俺は、二年前にこいつにインタビューした。
その時は借りてきた猫みたいにおとなしかったくせに)
「あの時は、まだ駆け出しだったからな。上からただひたすら低姿勢でいろと言われていたからよ」
（こいつ、人の心が読めるのか。
そうか、神様だもんな）
どの道、とても付き合い切れない。
真影は無言のまま出口へと向かった。
「真影さん――」
早奈谷は切なげに彼を呼んだ。
「悪いが、ただの人には、想像もつかないんだよ。
神様だなんて。
早奈谷、折角四年振りに会ったばかりですまないが、元気でな」
ドアノブに手をかけた時、背後から小憎らしい若者の声がした。
「早奈谷は、俺の大事な後輩だ。見捨てられん…か。
フッ、泣かせる台詞をはくじゃないか。
顔に似合わず、な」
真影は振り向いて櫟を睨んだ。
髪が半ば銀髪になっているのは、神の証か―。どうせ、もう会うこともないだろう。

真影は彼に告げた。

「お前さんが神だろうが、そんなのは関係ない。だが、人が真実の思いを込めた言葉を茶化すのはやめろ。そういう言い草をするから、てめえは糞ガキなんだよ。

バーカ」

それだけ言うと、真影は大慌てで部屋を出て行った。

真影はエレベーターも使わずに、一気に五階分の階段を駆け降りた。

（ゼーゼー、どうやら追っては来ないようだな。

あんな化け物を怒らせたら、何をされるか判ったもんじゃない）

そう思ってから、彼は自分もあのガキと大差ない考えであるのに気づいた。

妙に胸が痛んだ。

（あっ。勢い余って飛び出して来ちまったけど、今晩どこへ泊まればいいんだ。

やっべえ！

どうしよう）

仕方なく、近くの安ホテルに電話を入れた。

酔っ払っているから運転は無理だ。

朝イチでここの駐車場に車を取りに来て西羅とはおさらばだ。
でも、彼らの足はどうする？
余計なことを考えて、真影は苦笑した。
他に車も電車もある――。
何より空も飛べるんだ。
何といっても
あの二人は、
神様――
なんだから。

あの信じられない雷三昧の夜から三日が過ぎ去った。

翌朝のニュースや新聞等は、こぞって西羅荘厳園の怪奇現象を報じていた。

真影は片っ端から報道記事を調べたが、この件にあの人気俳優達が関与していると報道しているものはなかった。

あのじいさん――荘厳園の大僧正は、あまりの落雷の大きさにショックを受けて空世へ行かれたと記されていた。

真影が驚いたのは、まだ四十三歳だったということだ。百三歳だといわれても納得するほど、よぼよぼに見えたのだが。

まあ、逃げようとした時のダッシュの素早さはとても老人のものではなかった。そのせいで見事に雷に大当たりしてしまったのだけれど。

園の関係者も早奈谷が一瞬で眠らせてしまったから、その後どうなったかは知らない筈だ。

自分達の悪事を隠すには、櫟と早奈谷のことは伏せるしかないだろう。

結局、要約すれば突然の壮絶な雷現象により、以前から心臓に疾患のあった大僧正様はショックで空世へ渡られてしまった。

あまりにも急なお召し上げに園は悲しみに包まれている――そんな報道がなされているだけだった。

真影はそれ以上は調べず、珍しく立て込んでいる仕事に没頭していた。

パソコンで原稿を編集していると、るるると携帯電話が鳴った。

――はい、真影です――

電話に出た真影の顔色が変わった。

――よっ！
オッサン。
元気かい？――

その声は紛れもなくあの神の声だった。
早奈谷ではない。
糞生意気な小倅（こせがれ）の。
――俺は、あんたに携帯の番号を教えた覚えがないんだけど――
――そんなもん関係ないさ。
俺様をどなたと心得る？
最高神だよ。
さ・い・こ・う・し・ん。
携帯は一応ご挨拶で鳴らしてやっただけさ。
俺は今、あんたの頭に直接話しかけているんだよ――
（やっぱり、来やがったか）

こっちは会う気がなくても、向こうからの連絡はあるかもと真影は予測していた。ホテルで早奈谷を牽制しておいていずれ何らかの形で連絡してくると覚悟もしていたのだが――。

やはり、それが現実になると、あの恐ろしい雷の一夜が甦って来る――。

とんでもない奴に目をつけられてしまった。

背中に冷たい汗が流れて行くのを感じた。

馬鹿らしくなって携帯を畳んだ。

直接、頭の中で〝彼〟と応対する。

神の力か、恐ろしいほどスムーズに〝会話〟ができた。

――で、何か用か？　神さん――

――ちょっと付き合ってもらいたい場所がある。

バーカな糞ガキとはご一緒したくはないだろうがな――

(根に持ってるよ。

俺が最後に言った言葉、しっかり覚えているよ)

どうせ、この思いも読まれていると感じながら、真影は神様と交信を続けた。

櫟と待ち合わせをしたのは、街外れの廃ビルの前だった。

既に夜半過ぎ——。

櫟は、白いスーツを着こなしてワイシャツはメタリックブルー色という派手な出で立ちだった。

ゾクッとするほど、決まっていた。

「三日振りだな、オッサン」

まだ、少年っぽくしなやかな豹を思わせるこの若手俳優は、

「派手な格好をしているのは、ロケが終わってからすぐ来たからさ」

と訊かれてもいないのに、言い訳をした。


「今から、ここでレアンの裏取引がある」

レアンとは、人界の麻薬の一種である。

非常に高価な値で取引されるその筋の重要な資金源だ。

「その取引を今からぶっ潰す！」

「お、おい。お前さん、いくら俳優だからって現実とドラマをごっちゃにしてないか？」

真影は携帯を取り出した。
(そんな情報を手に入れたなら、さっさと警察に通報しろ)
だが、携帯を持った手を櫟がそっと押さえた。
「雷を食らいたくなかったら、やめておけ」
静かだが、妙にドスの効いた声で脅された。
「…」
——ここからは、しゃべるな。
さっきみたいに頭で話すんだ。
お前さん、なかなか筋がいいぞ——
(そんなの褒められても、嬉しくも何ともないわい!
何で俺を巻き込むんだよ⁉
やりたきゃ一人でやれよ!)
——おーい、みんな聞こえているぞ——

もはやこうなったら、このガキについていくしかなかった。

「――」

「――」

暴力団の連中は交渉をしているようだ。

ドアの前で見張りをしていた若い衆を、櫟は軽く電流を流して気絶させた。

彼をドアの脇にどけておく。

――俺、武術も格闘技もできないぜ。

あんたの加勢は、無理だからな――

―安心しな。

オッサンには早奈谷に俺の雄姿を伝えてもらうために呼んだんだから。

あいつ、意外と口うるさくて何やかんやと言いやがる。

いい加減、うんざりしているんだ。

だから、ここらで鼻をあかしてやろうと思ってんだ――

どうやら、あれからずっと行動を共にしている口振りだ。

主従関係とはそういうものらしい。

だからっていくら見返したいからって、こんな危険な場面にちょっかい出さなくても――。

だが、止めて素直にいうことをきく相手じゃない。
もうこいつの神様能力とやらに全てを託すしかないだろう。
櫟は、いきなりドアを開けて乱入した。
「誰だ!?」
当然の質問がやくざ達から発せられる。
「通りすがりの正義の味方さ！」
櫟は偉そうに答えた。
格好が格好だけに、本当にドラマみたいだった。
「それが、レアンかい。
全く諸悪の根源だな。
俺がみんな燃やしてやるぜ！」
櫟は右手を二つのトランクに向けてかざした。
黄金色の電流が流れ、トランクは引火して燃え上がった。
せっかくの薬と金を同時に燃やされて、やくざ達は激昂した。
「何をしやがる！
この野郎!!」

一斉に拳銃を取り出した。

「危ないなあ。そういう物はしまっておかなくちゃ」

櫟は人差し指を軽く振った。

途端にやくざの手から拳銃が落ち、同時に彼らは床に突っ伏して動けなくなった。

念力…か。

神様は超能力も操れるのか。

「すげえ」

真影は口に出して言った。

だが、二人は見落としていた。

先ほど気絶させた若い衆が早くも気づいて、ドアの隙間から櫟を狙っていたのを。

おそらく、電流に対して常人より強い耐性を持っていたらしい。

銃声一発！

櫟は右肩を撃ち抜かれた。

「！」

櫟は衝撃で俯せに倒れた。

「おい！　大丈夫か？」

真影は櫟の傍に駆け寄った。

「く…」

櫟の顔が苦痛で歪んだ。

同時にやくざ達にかけた念力も解けてしまった。

念力の戒めを解かれたやくざ達が、各々の銃を拾い上げて銃口を向けて来た。

「チッ！」

テーブルの横のソファを念力で横倒しにした。

二人は急いでその背後に回った。

こうした銃撃場面を想定したものか、ものすごく頑丈な造りのソファだった。

やくざ達は、殆ど訳も判らないままソファに向かって銃を乱射する。

「おい、あんた神様なんだろう？

このヤバイ状況を何とかしてくれよ」

「…」

櫟は何も答えず、呆然として手についた血を見つめていた。

「い、痛い」

（そりゃ、痛いだろうよ）

しかし、神様の力で防御するなり、攻撃しなければ痛いどころではなくなる。

「駄目だ――。ちっくしょう！

痛くて集中できない。術が出てこない！」

（おい、おい。

さっきまでの強気はどこへ行った？

何だよ、所詮はガキってことか。

きょうびの神様は、邪神は退治できても銃をぶっぱなす輩には弱いのかよ）

やくざ達は情け容赦なく撃ってくる。

いくら頑丈な造りとはいえ、ソファがいつまでも守ってくれるわけがない。

荘厳園の一件で大分度胸がついたとはいえ、なす術もないまま真影は空世行きを覚悟した。

その時、突然ソファの横に人型（ひとがた）の白い陽炎が揺らめいた。

「！」

あっという間にそれは具現化した。

「早奈谷！」

二人は同時に叫んだ。

突如として現れた青年に驚きながらも、興奮状態のやくざ達は攻撃の手を休めなかった。

早奈谷は、素早く自分とソファ越しに青息吐息の二人に防御呪文をかけた。

そして、やくざ達に向けて印を結ぶ。

荘厳園で用いた術と同じものだった。

やくざ達は一瞬で昏倒した。

「記憶も消しておきました。

我々のことはもう覚えておりません」

「早奈谷〜っ」

真影は後輩にすがりついた。

「真影さん、大丈夫ですか?」

「俺は、平気だ。でも、こいつが」

櫟は撃たれた右肩を押さえていた。

白いスーツに鮮血が迸(ほとばし)っている。

「最高神、何故こんな真似をなさったのですか?」

「俺一人でどこまでやれるか試したかったんだ」

真影は、最初から頭数（あたまかず）には入っていないらしい。

「愚かな！

何故（なにゆえ）に我らは主従が同時に降臨するのですか！

共に戦うことを前提としているからではありませんか」

「…」

櫟は、従者の叱責に不貞腐れて顔を背けた。

「行きましょう。

真影さん、私の手に触れてください」

「あいよ、判った」

真影が早奈谷に触れると、一瞬で目の前の景色がガラリと変わった。

満月が水面を照らす――

そこは美しい湖の畔（ほとり）だった。

早奈谷が二人を連れて来たのは、東亜から西百キロほど離れたリゾート地伊來（いらい）にある湖の畔だった。

二階建ての洒落たヴィラがあった。

どうやらそこが二人の住居であるらしい。

一階には広々とした客間とリビングがあり、その奥に各自の個室が設えてあった。

「ほ〜う、なかなかのお住まいじゃないか」

真影は感心して呟いた。

客間ではなく、シンプルな造りのリビングに通され、そこで早奈谷は片肌を脱いだ櫟の治療にあたった。

櫟はおとなしく早奈谷の手かざしを受けた。

彼の指先から柔らかい金色の光が溢れ出て、櫟の傷を丁寧に治してゆく。

その傷が癒えるまで、三人は無言のままだった。


『そなた、癒し神だな』


真影は、あの老僧が言った言葉を思い返した。

まさにその通りだった。通常なら、全治一ヶ月はかかりそうな傷を早奈谷は僅か三十分で完治させた。

「…」

傷を治してもらったのに、礼も言わずにそっぽを向いた櫟を早奈谷は一喝した。

「人界の者（真影）をあんな危険な目に遭わせて、貴方は神として恥ずかしくはないのですか！」

櫟はビクッと身をすくませて、言い訳を始めた。

「…まさか、あんな風になるなんて思ってもみなかった。

俺は、俺は神なんだろう？

何で撃たれたら怪我をするんだよ？」

膨れっ面をして、納得がいかないとばかりに問い返す姿は幼子（おさなご）そのものである。

「我らは、人界に人の型代（かたしろ）をもって降臨せし神。

人として生まれ、人として成長した神、
人界神（じんかいしん）

であります。

それは貴方もご存じのことでしょう。

我らが生身であるのは明白でありましょう！」

「…」

櫟は、まだ納得しかねるといった面持ちで早奈谷を睨んだ。

「あの邪神は、簡単にやっつけられたじゃないか。だから、俺はてっきり――」

「天下無敵になったとでも？

…貴方はあの邪神ごときが我らの敵だとお思いか！　ハッ！」

（は、鼻で笑ったよ。早奈谷君）

真影はこんなにも激昂した早奈谷を初めて目の当たりにした。

彼は、元後輩で今は神となったこの青年のしたたかな迫力に圧倒された。

そして、あのホテルで早奈谷が語った台詞を思い出した。

『いいえ、私の重荷などあの方の背負われた定めの重さに比べれば、物の数ではありません』

そう言ってこの若者を気遣っていたのに。

従者に激しく責められて、俯く若者に真影は少し同情的になった。

（おーい、早奈谷君。

君が一番重荷になってるよ――）

真影は、内心そう思った。

だが、早奈谷の瞳にほんの一瞬浮かんだ憂いを彼は見逃さなかった。

(早奈谷も必死なんだ。

まだ青臭いガキなのに力だけ与えられてしまった。

すぐに暴走しそうな〈実際、してるし〉こいつを抑えて教育するのも自分の務めだと肝に銘じているのか)

「我らの敵は、
闇蓬来と名乗る者達にございます。

彼らと戦うために我らは人界に降臨したのであります」

「判ってるよ。

それぐらいは。

神界の天敵だろう?」

「彼らと立ち向かう時は、たとえ今上最高神におかれましても油断は禁物であります。

努々(ゆめゆめ)お忘れなきように」

(闇蓬来?　暗い名だな。そいつらがこの神さん達の敵ってわけか)

真影がそう思った時、いきなり早奈谷は彼に向かって怒鳴った。

「真影さん！　貴方も貴方です。最高神に何を吹き込まれたかは判りませんが、軽率です！　年長者の態度としてはいただけません！」

急に責め立てられて真影は焦った。

言い返したいことは山ほどあったがここは下手に出ておこうと思い、大声で謝罪した。

「はい、その通りです！　私が悪うございましたぁ」

「判れば、よろしい!!」

どうやら櫟への叱責のけりをつけたかっただけらしい。

早奈谷はそれだけ言うと、わざと荒々しくドアを閉めて出ていった。

「…」

二人の叱られ小坊主達は、広いリビングで互いにそっぽを向いてしばし、無言だった。

やがて口を開いたのは、櫟の方だった。

「おい、オッサン」

「おうっ。何でぃ！」

真影はわざと荒っぽく答えた。

「…何で人界と空世が出来たか知ってるか？」

櫟は意外な問い掛けをしてきた。

「えっと…。

それは、確か高校時代に神界学で習ったぞ。

古（いにしえ）の時代、神界は異次元からの圧力により巨大な次元の裂け目が生じてしまった。

神界はかつての混沌に戻るしかバハラードの崩壊を防ぐ手段がなかった。

しかし、神々はそれではあまりにも寂しいと神界の鋳型を作ろうと思いついた。

神界が混沌化すれば次元の裂け目からの崩壊は免れる。

別世界を創るのは可能だった。神々は、自分達に似せて人界を創り、その人界をより良く循環させるために空世も同時に創造した――。

そして今、人界は神々の影ながらの加護を受けながら、順調に発展しているのである。

そんな風に習ったけど」

櫟はチッ、チッと言いながら人差し指を振った。
「違うな。そんなの嘘っぱちだ。
あんた、真実を知りたいかい？」
「えっ⁉　人界ってそういう理由で創られたんじゃないのか⁉」
真影がそう問い返すと、櫟はリビングのソファに座った。
真影も対面のソファに座る。
櫟は、不貞腐れた口調で話し始めた。
「平たく言えば、喧嘩だよ。
喧嘩。
喧嘩するために、人界と空世は創られたんだ」
「喧嘩ぁ？」
「昔っから神界には天敵っていうか神々と敵対する一族がいたんだ。
奴らは自らを〝闇〟
と称して闇蓬来と名乗っている」
「ヤミホウライって、さっき早奈谷が言ってた奴か」
「長年、戦い続けて来たが次元の裂け目が出来て神々が混沌に還ろうとしても、奴らは承知しなかった。

滅びるなら望むところだ。

誰がお前ら（神々）なんぞに協力するものかってな」

「…」

「考えあぐねた神々はやむなくある提案を持ち出した。

幸か不幸か大神シュナク・バズーラの血を引く一族と一部の神々は今は繭の状態で、これから生まれて来る予定だ。

申し訳ないが、ババラードを守るためだ。

この神々に戦ってもらおう。

闇蓬来にそう申し入れて戦いの場所として人界を創造した。

そして、繭の神々を預け、管理して人界に降臨させる世界として空世も創った。

空世は人の管理も任されているがな。

そうやって二つの世界は創造されたんだ」

櫟は憑かれたように話し続けた。

「どこをどう説得したのかは知らねーが、闇蓬来の奴らもその提案を受け入れて人界での戦いが始まった。

おめえら人が能天気に生きているこの人界で、陰ながら奴らと降臨した俺達の戦いが繰り広げられているのさ」

（なんですとーっ。そんな話、神界学では全くしなかったぞ）

真影が絶句していると、櫟は突然愚痴り始めた。

「――ったく、ひってえ話だよな。

いきなり降臨させられる身にもなってみろってんだ」

「おい、あんた、とりあえず神様なんだろう？

いいんですかい？

そんな神界に仇なすようなこと言っちゃって――」

「いいも、悪いもないよ。

俺、人だもん。

さっき、あいつが言ってただろ。

俺らは型代だって」

「カタシロ？

そもそも、それがよく判らないんですけど」

「この体のことだよ。

降臨だなんてかっこつけてるけど、俺らはただ神に体を貸しているだけなんだ。怪我してよく判ったよ。

俺自身が神になったわけじゃないんだ」

「櫟――」

「俺は、ヤドカリの貝殻みたいな存在なんだな」

「いや、それはちょっと違うと思うぞ」

だが、櫟はそれきり黙りこくってしまった。

真影は彼を少し憐れに思ったが、それより人界と空世の誕生が神々とその天敵との戦いゆえのものだという事実に打ちのめされた。

このままずっとここにいると、果てしもなく落ち込んでしまう気がした。

「ちょっと、早奈谷の所へ行って来る」

真影がそう告げると、櫟は了解という意味らしく右手をあげた。

真影はリビングの奥にある早奈谷の部屋のドアを叩いた。

「どうぞ」

落ち着いた後輩の声が響いた。

「さっきは言わなかったけど、助けてくれてありがとう。

迷惑かけてすまなかった」

真影は、改めて礼と謝罪をした。

「いえ、真影さんは最高神に連れて行かれただけでしたのに、私の方こそ感情的になって申し訳ありませんでした」

そう穏やかに答える早奈谷はいつもの彼だった。

早奈谷は、いきなり空中から並々と茶の入ったティーカップを出現させ、真影に勧めた。

もうそんな芸当を見せられても、真影はいちいち驚かなかった。

ひとしきり、その極上の茶を楽しんでいると、早奈谷が話しかけてきた。

「ところで、これからの真影さんのお仕事についてなのですが」

「え？　俺は芸能リポーターなんだけど」

一瞬、彼が何を言いたいのか呑み込めなかった。

「このような状況でなければ、勿論真影さんのご意志を尊重するべきところなのですが…」

早奈谷は決まり悪そうに切り出した。

「現在、我々は極めて人材不足なのです」

「そうなのか。

それで？」

「是非、真影さんのお力をお借りしたいのです」

「はい？」

「申し訳ありません。ここまで我々の内情を知られては、このまま引き下がっていただくわけにはいきません」

「…………」

「我々も芸能界を引退します。

最高神は、これからが伸び盛りで誠に残念ではありますが、やむを得ません」

「に、人気絶頂のあんた達が引退しちゃったら、
芸能界はどうなっちゃうの——！」

真影はまさに悲鳴を上げた。

「どんな職業についていたとしても、両立は不可能です」

（そりゃ、そうでしょうよ。

神様業とじゃなあ——）

真影は頭を抱えた。

えらい雲行きになって来た。

「あの～、わたくしのことは何とかお目こぼししてはいただけないでしょうか––。っていうかいつの間にか貴方が全てを取り仕切っているみたいなんですけど」

早奈谷は、その大きめな瞳を半眼にして真影を見つめた。

真影は、そういう表情をした時の早奈谷をよく知っている。

––絶対に、

譲らない––

そう決意した時の顔だ。

学生時代、一番下っぱだったのに彼がこの表情をすると、上級生や舞台監督までもが彼の意見を取り入れた。

真影は、六歳年下のこの後輩に真剣（マジ）でびびっていた。

一ヶ月後――。

湖の畔の朝は、煙る靄（もや）と水面を彩る七色の光の乱反射から始まる。

真影は、いつものようにヴィラ（山荘）から朝の散歩に出掛けた。

のほほんと走るでもなく、ダラダラといつものコースを歩く。

道行く人に、

「おっはようございま〜す」

と朗らかに挨拶をして。

『一般の人々とは、ごく自然に接してください。

しかし、我々の存在は伏せておいてください』

そう早奈谷に言い含められている。

あのヴィラに住んでいるのは、真影一人という設定にしてあるらしい。

そのヴィラからして、突如としてここに現れたのだが、早奈谷は自らの能力で周辺住民の記憶を操作しているから大丈夫だと説明した。

――櫟　哲也

電撃引退!!

――早奈谷 高樹も一身上の理由で引退へ――

二人の引退発表がなされて既に二十日が経っていた。

早奈谷が世間の情報操作を巧みに行ったせいか、思ったよりも騒がれることもなく、彼らは芸能界から――社会から消えた…。

伊來(いらい)は東亜地方随一の人気リゾート地である。

三方を小高い山に囲まれ、東は海が広がっている。良質な温泉が豊富に噴出して、四季を通じて温暖な気候に恵まれた人界屈指の観光地である。

結局、絶対に譲らない早奈谷君に押し切られる形で彼は仲間になった。

究極の神様コンビの仲間に。

人界神だの型代だのと言われても正直、未だによく判らない。

だが、彼らの能力の高さが桁外れであることは真影も認めざるを得なかった。

櫟の恐るべき攻撃能力は、確かに凄まじいものであったが、何より真影を驚かせたのは——早奈谷の能力（ちから）だった。
彼ら三人のアジト（隠れ家）であるヴィラ——。
てっきり、新築物件を買い取ったとばかり思っていた。
何気なく早奈谷に尋ねると、
『ああ、ここの土地は購入しましたが、家は私が造りました』
と、まるで鯛釣りに行って鯛を釣って来たみたいにごく自然に言われた。
真影は絶句した。
西羅の一件から三日後に、彼は櫟から呼び出しを受けた。
それからすったもんだして、ここに連れて来られた。
既に彼らはここに住んでいたわけだ。
そこのところを訊いてみると、
『この家は、私が設計、想定して数分で具現化しました』
と事もなげに言った。
『いくら神様だからって、そんな真似ができるのかよ!?』
真影は冷や汗をかきながら突っ込んだ。
『他の神々は判りませんが、私にはできます』

ときっぱりと言われた。

そして、何故こんなのどかな場所をアジトに選んだかも判明した。

本来、こんなリゾート地にアジトなんぞを造っていいものか、もっと都会にするべきではなかったのか真影は大いに疑問だったのだが——。

彼らは人界のあらゆる場所に瞬間移動が可能なのである。

それは、真影も体験させられていたから承知していたが、全ての場所に移動が可能とは思わなかった。

そしてその能力においても、早奈谷は櫟の力を越えていた。

櫟は自身しか移動できないが、早奈谷は自身は勿論、あらゆる物体や生物を移動させられるのである。

その他の能力でも、早奈谷は最高神である櫟を遥かに凌駕する力を秘めていた。

ただ、闇蓬来とやらと実際に戦うための攻撃力は櫟だけに与えられていた。

『俺は、雷（らい）と水（すい）、それに蛇（じゃ）の性（しょう）を持っているんだ。どうだ、すごいだろう』

性とは、この世界では属性を意味する——即ち、操れる能力を指している。

このオッサンが仲間になるのを、この若者はすんなりと受け入れた。

西羅のホテルで気に入ったと言っていたし、例の一件で危険な目に遭わせた後ろめたさもあったのだろう。

「ヨッ！

オッサン、よろしくな。

判っていると思うけど、櫟って呼んでくれよ」

自分はどうやら真影をオッサンと呼ぶつもりでいるらしい。

あの時の落ち込みは、一時的なものだったらしく、彼は妙に明るかった。

そして、先ほどの台詞が出てきたのだ。

「雷はかみなりで、水はみずか。

で、じゃはどういう意味なんだ？」

対等な口利きもどうやらお許しくださったらしい。

最高神は、咎め立てせずに説明してくれた。

「じゃは蛇（へび）だよ。

俺は、三つの性を持っているからこなせる術も多いんだぜ」

人界において蛇は聖なる生き物として崇められている。

その蛇の性は、攻撃より防御に用いられるのだと櫟は説明した。

「普通、操れる性は最高神でもせいぜい二つなんだ。
俺は三つだぜ。
どうだ、大したものだろう」
謙遜という言葉は彼の辞書にはないらしい。

「あと一つ、究極の〝滅びの技〟というのがあるんだ。
これをかければ相手を完全消滅させられる。
今上最高神のみが使える技さ。
でも、その代償として俺自身も消滅してしまうんだ。
俺は自分が一番可愛いから、この技は絶対に使わない」
「はあ、左様でございますか」
(だったら、最初から言うなよ)
真影は秘かにそう思った。

…真影は仲間になる際に、幾つかの条件を神々に申し入れていた。
まず、せこいようだが生活の保障。

これは、僅か数分でお屋敷を建築する神様にとって大したことではあるまい。

それから、真影の心を読まないこと。

あのホテルで櫟にたやすく心を読まれた屈辱を彼は未だに忘れていなかった。

櫟は素直に謝罪して、二度としないと誓った。

それを信じるしかないだろう。

それに、闇蓬来との戦いその他諸々情報について、ちゃんと判るように説明することも約束させた。

それからきれいな姉ちゃんでも紹介してもらいたいところだが、さすがにそこまでは頼めなかった。頼んでも却下されるだろう。

堅物を絵に描いたような早奈谷は、そのややストイックな美貌に比例してあまり浮いた噂がなかった。

のんびりと散歩しながら、真影は色々と回想していた。

そういえば――

真影にはどうしても納得できない思いがあった。

それは、早奈谷の降臨のきっかけである。

櫟は邪神の人柱にされそうになって、いわば自己防衛から降臨したといえる。

それは判らないではない。

誰だって大口開けた化け物に食われそうになったら、火事場の馬鹿力ではないが秘めた力があれば目覚めても不思議ではない。

しかし、
早奈谷は——

（お前の降臨のきっかけは、どう考えても俺の夢の話からじゃないか）

あまりの不眠症に悩まされて、相談するために四年振りに会った。

あの喫茶店でスケッチを見せた時の異様なまでの変貌——。

それに引きずられる形で、結局、二人の仲間になったわけだが——。

その辺のところがいつの間にか、早奈谷は櫟の降臨に連動して彼もほぼ同時に降臨したみたいなことになっているのだ。

あの数日間のゴタゴタで、そこのところが曖昧になっているのが真影にはいささか不満だった。

だが、こうした状況になって、もう不眠症そのものが吹っ飛んでしまった。

あの夢の内容が一連の出来事と結び付かないのもあって、早奈谷も東亜での降臨については全く口にしなくなっていた。

（ま、しゃーねえか。

もう俺自身、後戻りができないわけだし）

芸能リポーターという職業にさほどの未練はなかった。

元々俳優志望だった彼は、どうしても売れず半ば食いつめて選んだ仕事だった。

仕事の関係者や知人、友人には親戚の富豪にこのヴィラの管理を依頼されたのでリポーターは辞めたと知らせてある。

実は、両親も既に空世に渡り、人界では天涯孤独の身の上なのだが、嘘も方便ということだ。

結構なご身分だとやっかむ輩もいたが、笑って聞き流した。

何はともあれ、今の真影はこのリゾート地で恵まれた陽光を心ゆくまで享受していた。

だが、神々の宿敵闇蓬来の魔手は確実に迫りつつあった。

苔桃の木の葉が生い茂る広い道から、一本外れた裏道を真影は散歩のコースにしていた。

そこは地元民にも穴場で、訪れる人は殆どいない。

しかし、その日は違っていた。

その小道を少し行った所で、真影は大の字になって横たわる男性を発見した。

年の頃は五十代半ばか。その中年のおじさんの顔を見て彼は叫んだ。

「ヒェエ〜ッ。

重根さん！」


櫟の売り出しに夢中になっていた敏腕プロデューサーの重根大悟（かさねだいご）だった。

極めて傲慢で、気に入らない者にはとことん冷たく、天下の悪人面を持つこの男に真影は俳優時代によく絡まれた。

はっきり言って大嫌いな男だった。

（何でこの人、こんな所でひっくり返っているんだよ）

そう考えて思い当たることがあった。

彼は、女好きで人界各地に愛人を囲っていると噂されている。

女性への愛は、あまねく平等にをモットー（？）にしている彼は、ずっと独身で旅先で泊まるのは愛人宅と豪語しているそうだ。

真偽の程はともかく、伊來に別荘を所有しているのを真影は思い出した。

おそらく、仕事絡みで伊來へやって来て酒盛りでもした挙げ句に酔っ払って、こんな場所で一晩を明かしたのではないか。

なまじ土地勘があるから、取りまき連中とも離れて一人で帰ろうとしてこんな所で撃沈したのか。

もう年なのだから、無理をしなければいいのにと真影は思った。

いずれにしても、こんな裏道で倒れていたら放っておけば空世へ行きかねない。

早奈谷には、一般人とはなるべく関わらないようにと厳しく言い渡されていたのだが――。


「それで、連れてきてしまったのですか」

早奈谷は苦虫を噛み潰した表情で、真影を睨みつけた。

一階の客間のソファに横たわる、重根氏は当分目覚めそうもない。

早奈谷とは、西羅のロケ以来の再会である。

「仕方がないだろう。

行き倒れをほっとくほど、俺は人間がさばけてないよ」

「…」

櫟は、黙って恩師の寝顔を見つめていた。

このヴィラには魔除けの結界が張ってあり、真影はあらかじめ出入り自由な術を早奈谷によって掛けられていた。

だが、今回はとんだお荷物付きだったので、真影と重根がヴィラに入るのに数分を要した。

結界解除の間、二人は異空間にその身を置いていた。

三人は暫くの間、このおじさんの様子を見守っていた。

やがて、重根は口を開いた。

まだ意識は戻っていないのに、凄まじい勢いで叫んだ。

「櫟〜っ」

いきなり名前を呼ばれて櫟はたじろいだ。

「櫟〜。

戻って来いや〜！

この重根大悟、

全身全霊をかけてお前を人界一の大スターにするつもりだったのに、何処へ行きくさった〜！」

「先生…」

櫟は切なげに呟いた。

櫟は重根を敬愛を込めて、そう呼んでいる。

実は、二人のあっけない引退の影には早奈谷の裏工作があった。

早奈谷が術を用いていなければ、こうも易々と引退できる筈がなかった。

特に櫟の場合、この重根がどんなことをしても阻止しただろう。

早奈谷は、自分と櫟の関係者全てに記憶操作の術をかけていた。

その大掛かりな術は、二人の記憶や記録を関係者から全て抹消してしまうものだった。

二人が同時に姿を消しても何の騒ぎにもならなかったのもそのせいだった。

だが、重根は——

櫟を忘れていなかった。

「私の術が通じない方が、人界にはいるのですね」

早奈谷は、感慨深げにぽつりと呟いた。

「櫟〜っ。櫟よう〜」

呼ばれ続けて櫟は涙目になった。

「仕方ありません。この方には更に強い術をかけるしかないでしょう」

櫟は早奈谷を睨んだ。

だが、早奈谷は冷たく言いはなった。

「この記憶抹消については、貴方にも説明致しました。人界から我らの存在を消すにはやむを得ないことなのです」

「でも、重根先生は俺を忘れなかった。覚えていてくれたんだ。

お前に術をかけられてもな」

「よほど、貴方への思いが強かったのでしょう」

櫟は、重根を早奈谷から守るためにソファの前に立ちはだかった。

「色々言われている人だけど、俺にとっては親父みたいな人なんだ。これ以上、この人の心をいじるのはやめてくれ」

「おどきなさい！

このままでは彼の魂の〝根（こん）〟が尽きてしまうかもしれません。

空世へ渡っても転生が不可能になってしまいます」

〝根〟とは人の魂の記録コードである。

空世へ行くとその〝根〟の評価によって次の人生の環境が決定するとされている。

かけられた術に逆らっているとその〝根〟が消耗して失われる場合もある。

〝根〟を失うと空世に行っても記録がないから転生できずに永遠に空世をさまよう羽目になるのだ。

「そうかもしれない。

でも、これ以上重い術をかけたら先生の精神自体が壊れてしまうかも――」

櫟が迷っていると、不意に重根がソファから起き上がった。

間髪を入れずに背後から櫟を締め上げた。

「せ、先生」

更にその喉元に隠し持っていた小型ナイフを突きつけた。

「油断したな。

庇った師匠にやられる気分はどんなものだ？

生身の人界神よ。
我は〝気〟の闇蓬来である」
「闇蓬来!?」
「我は〝憑依〟（ひょうい）を性とする者なり。
貴様の術が利かぬこの者の体を乗っ取って、貴様らの懐に飛び込んだ。
我らが徒党を組んで、宣戦布告するとでも思うたか！
最高神、虚無界へ行け！」
そう言って、重根の体に取り付いた闇蓬来は一気に櫟の喉元を掻き切ろうとした。
しかし、重根は動かなかった。
それどころか、重根はナイフを床に落として櫟から離れていった。
(何だ？　これは一体？)
自分は確かに重根の体を乗っ取った筈なのに。
「生憎だったたな。
闇蓬来さんよ。
俺は重根さんじゃないいんだよ」
と重根は言った。

「き、貴様は──」

「俺は、真影さ」

ならば、本物の重根は──。

おずおずと真影の顔型のマスクを外した男が重根大悟だった。

「貴様ら、いつ？」

そうか、あの結界解除の時──

乗り移っているのがばれないよう一時的に重根から離れた。

その時にこの二人は入れ替わり──真影には乗り移られない術をかけていたのだ。

この憑依にかけては右に出る者はいない自分に何も気取らせずに──。

おそらくはあの早奈谷なる従神が全てを仕切って──。

最初から全て自分の作戦は、この者に見抜かれていた。

とんでもない輩だ。

「無駄に演劇科に長居をしていたわけじゃないぜ」

休学中も含めて都合八年間──。

真影の演技力は本物だった。

早奈谷が〃念〃で指示した通りに闇蓬来の動向に合わせて演じきった。

〃念〃とは一種のテレパシーである。

「貴様が先生にかけた術は、とっくに早奈谷が解いた。先生には、真影さんを演じてもらっていたのさ。今更、言うまでもないが――。ようやく現れたな。闇蓬来――」

騙したつもりが騙されていた。

いつもは冷静な〃気〃の闇蓬来だが、思わず逆上した。

早奈谷は、自分の許に駆け寄った二人に防御呪文をかけた。


「最高神、存分におやりください。人心を弄ぶ者に情けは無用です」

早奈谷は、印を結んだ。

客間の窓が総開きになり、朝の眩しい陽光が室内に降り注いだ。

「グッ！」

〝気〟はその黒ずくめの姿を現した。

「よくも、俺の恩師を利用しようとしたな！

絶対に許さない！

覚悟しろ！」


櫟は自らの念力で、〝気〟の闇蓬来の体をヴィラから引きずり出した。

自身も外に飛び出し、空中に飛翔しながら湖の上空で臨戦体勢を整えた。

「貴様ら〜っ！」

理性を失った。〝気〟は、遮二無二に櫟に襲いかかって来た。

櫟は右手から電流を湧き上がらせた。

そして、一瞬でその電流は槍の形に具現化した。

まるでゼウスの雷（いかずち）のつぶてのように。

それを〝気〟に向かって力の限りに投げつけた。

「ギャアアー!!」

胸を刺し貫かれて、〝気〟は絶叫した。

だが、櫟の攻撃はそれだけでは終わらなかった。

続けて指をパチン、と鳴らした。

忽ち、湖の水が舞い上がり一気に〝気〟に降り注いだ。

胸に刺さった雷の槍が反応して爆発した。

――わざわざ湖を背景にアジトを造ったのは、戦いをより有利に導くためだったのかと真影は納得した。〝気〟の闇蓬来は、黒焦げになった。

この攻撃の苛烈さは、櫟の怒りそのものであったのだろう。


「く、櫟…」

重根は呆然として、宙で闘う秘蔵っ子を見つめた。

黒焦げになった闇蓬来は、当然まっ逆さまに湖に転落すると思われたのだが――。

「何…だと!」

櫟は思わず叫んだ。

落下するか、消滅する筈の闇蓬来が白い靄（もや）状のものに包まれた。

ブスブスと煙が立ち上っていたが、その靄に包まれてほんの一、二分後に闇蓬来は復活したのだ。

「ありゃりゃ〜、元に戻っちまった」

真影はすっとんきょうな声をあげた。

早奈谷も驚いて闇蓬来を見つめた。


「我が復活は、生命の核を司る我らが師のご加護である。

貴様ごとき者の攻めで滅びはしない。

最高神、生憎だったな」


嫌みっぽく真影の台詞を真似ると〝気〟の闇蓬来は続けた。

「しかし、今は多勢に無勢。しかも我が術が破られた以上、長居は無用。

だが、最高神とその一味の者どもよ。

これからが長い戦いとなるぞ。

心しておくがよい！」

そう言い残して黒マント姿の闇蓬来は消え去った。

「畜生！

何故滅びない？

聞いてねえぞ。何だよ、核の加護って――」

しかし、今の櫟にはそれよりも大きな問題があった。

恩師の悲しげな視線を感じた彼は、空中で重根に一礼すると、その場から空間移動をして消え去った。

そして、重根の前には二度と姿を現さなかった。


〝気〟の闇蓬来が立ち去り、ヴィラは静寂を取り戻した。

全ての戦いは結界内で行われたから、人の目に触れることはなかった。

早奈谷は、重根に協力の礼を言った。

そして今後彼が闇蓬来に利用されないように記憶結界を張らせていただくと通告した。

それは、早奈谷と櫟の記憶を全て失う代わりに闇蓬来からの攻撃を受けずに済む結界だった。

早奈谷が全ての関係者及び人界の人々に記憶操作としてかけていたのはこの術だったのである。

重根には確かに効いていなかったのだ。

だからこそ闇蓬来に利用されかけたのである。

その術を改めてかけられることに重根は素直に同意した。


「そうですね。

その方がお互いのためでしょう。

…その前に言わせてください。

先日の西羅での落雷の際には助けていただいたのに、気が動転して満足にお礼も申し上げられませんでした。

その節は本当にありがとうございました」

重根は、早奈谷に向かって深々と頭を下げた。

「重根さん…」


「櫟を頼みます。あの子は、親を知りません。

どうか年は近いですが彼の親代わりになってくださいませんか。

市井（しせい）で偶然にあの子を見いだし、これはいけると確信しました。

まだ中学生だったあの子を養護施設から引き取り、育ててきました。

この子は絶対にものになる！
人とは違うものを持っていると感じたのです。
まさか、神様だったとは思いもしませんでしたがね」
重根は、何ともいえない複雑な笑みを浮かべた。
「あいつ可愛さにロケでは、随分失礼な口をきいてしまいましたね。
すいませんでした。
真影君にもくれぐれもよろしくお伝えください」
「判りました。
では…」
早奈谷は、彼の前で印を結んだ。

重根にも記憶結界を張ったことで、早奈谷と櫟の足跡は完全に人界から消去された。
櫟は、自室で重根が早奈谷によって別荘まで空間移動されるのを、千里眼で見守っていた。

伊來の高原で、重根は今度売り出す予定の男女デュオのプロモーションビデオの製作に没頭していた。

本来、この仕事のために彼はこの地を訪れたのだった。

櫟は、誰にも気づかれないように、高原に建てられた送電線の鉄塔の最上部から彼を見つめていた。

（先生…）

夢中になって男女デュオに振り付けや立ち位置を指導する重根に櫟は心の中で呼び掛けた。

（本当に色々とお世話になりました。
何一つ恩返しもできないで、すいません。
俺、先生のことは絶対に忘れませんから。
これからも、頑張ってください）
櫟は、そっと恩師に別れを告げた。
それと同時に、
闇蓬来への憎しみがフツフツと湧いてきた。

恩師を巻き込もうとしたこともだが、彼らの魔手から守るために今まで関わってきた人全ての記憶、人界に記してきた実績を消去する羽目になった。

それは今まで生きてきた二十年の歳月を全て無に帰するということだ。

櫟にとっては、本当に耐え難いものだった。


（畜生！

闇蓬来の奴ら。

絶対に許さない。

必ず、俺の手で葬り去ってやる！）


櫟がそう決意していると――

「まあ、重根さんが無事で本当に良かった――」

妙に間延びした声とともに櫟の隣に真影が忽然と姿を現した。

「どわっ！

オッサン、どこから湧いて出た？」

櫟は、心底驚いた。

「早奈谷が心配していたぞ。お前さんが、ずっとここから降りて来ないんじゃないかってな」

早奈谷の仕業か――。

あいつ、自分ではなく真影を伝言役に使ったのか。

「フン、俺はそんなヤワじゃないぜ。ただ、先生に遠くからでも別れを告げたかっただけさ」

「まあ、そう言うなって。

今回は、貴方は本当によくやってくれました。

これからも三人でしっかり戦って行きましょうって伝えてくれと早奈谷は――

ヒエエー！

風がきつい。

冷たいーっ！

落ちる、落ちてしまう〜！

空世に呼ばれるーっ！」

真影の半端でないうろたえぶりに、櫟は慌てて彼の襟首を掴んだ。

「しっかりしろ！　オッサン。

もしかして、高所恐怖症か？」
「そ、その通りでございますーっ。
ゆ、揺れる〜っ。
体も脳味噌も〜っ。
落ちる〜っ！」
「ったく！
アホか！
何で来たんだよ。
断りゃいいだろうが。
俺は自分しか空間移動できないし——。
おぶってやるから、直接下に飛び降りるか？」
「やめてくれー！
そんな真似されたら降りる途中で空世へいっちまう〜っ」
早奈谷が頃合いをみて、彼を再び空間移動させるまで真影の絶叫は続いたのだった。

一方——。

惨敗を喫して、やっとの思いで闇蓬来の本拠地に戻って来た〝気〟は――。

闇蓬来の長（おさ）の前で今回の闘いについて語っていた。

「私としたことが…。

思わぬ不覚をとりました。

この度、顕れし神は僅かに二名であります。

もう一名は、単なる協力者でただの人にございます。

しかしながら、その二名の神はとてつもない力量を有しております。

主神であるシュナク・サーレもさることながら、その従神早奈谷なる神、知力・能力においてまさに万能と申せましょう」

「ほう――。

我に次ぐ力を有するそなたが、そこまで言い切るとは、な。

今回の神の一味は、戦いがいのありそうな連中だな」

「誠にもってその通りにございます」

「面白い――

これからの戦いが楽しみというものだ。

いずれ、私が直接出向いてその力量の程、確かめてみようぞ」

長はゆっくりと腰をあげた…。

自らの体が、生身であるのを悩む最高神。
万能ではあるが、決して主の意のままにはならない従神。
いてもいなくとも大して変わらないトロい一般人。
たったこれだけのメンバー。
しかも、倒しても倒しても、あっさりと復活する闇蓬来。
あれから何度か戦いを繰り返したが、結果は最初の戦いと同じだった。
勝負には勝っても彼らは決して滅びない。
これでは、人界に降臨された今上最高神様の悩みも尽きないというものだ。
「あ〜っ。
畜生！
本当なら俺を頂点に従神が百人は降臨する筈なのに――」
櫟は頭をボリボリとかきむしりながら、文句をたれる。
「その中から俺直属の従神なんてよりどりみどりアオミドロ〜なのによ――」

「アオミ…って。お、お前さん達みたいのがあと、百…人⁉」

側で聞いていた真影は大いに焦った。

本来なら、位が高い櫟がこんなに孤軍奮闘する必要はないってことなのか？

そこのところを問い質すと、
櫟はブツブツ言いながらも説明を始めた。

「従神といっても、元々最高神一族が殆どだから俺にとっては兄弟みたいなものだ。その中には攻撃能力を持つ者もいるし本当ならいつも俺が戦うこともないのだろうが、今回は俺と早奈谷しか降臨していないから俺一人で戦うしかないわけだ。早奈谷はすごい力を持ってはいるが、攻撃能力はないからな。あいつは、俺の一族ではないし。

戦いを取り仕切っているのはあんたも知ってるようにあいつなんだけど」

櫟は、ホゥ…と溜め息をついた。

「いつものように人数がいれば。俺も少しは楽ができるのに…。

変だよな。

明らかにいつもと状況が違うんだ。

俺ら二人だけしか降臨しないというのは――」

「それはもしかすると」

「え？」

「お前さんの性が三つというのと関係があるんじゃないか。物凄い力があるから、家来はそれほど要らないとか」

「…」

「それに早奈谷はすごい能力を持っている。だから一人でも充分だ。数多く降臨させるより少数精鋭の方が効率が良いと考えたのかもしれないぞ」

「判らない。どちらにしても決して滅びない相手じゃ倒しようがない。――神界の連中は何を考えているんだ？」


その夜、櫟は二人が寝静まった後でヴィラを出た。

岸辺に辿り着くと、額の中央に人差し指と中指を置き、そのまま空中へと飛翔した。

湖の中央で空中浮揚したまま停止する。

櫟は、現在の神界において唯一通信可能な神との交信を始めた。

神の名はシュ・レンカ。

大神シュナク・バズーラと共に神界の礎を創り上げた最古参の神である。

シュ・レンカもその身体は混沌化しているが、人界神と神界を繋ぐ神として自我を維持していた。

〝知識と情報の神、シュ・レンカ。直接あんたを呼び出すのは初めてだな〟

〝何か用か。

今上最高神
シュナク・サーレよ〟

〝相も変わらず、神界は混沌のままか。

あんたの実体も青緑色の泥みたいに俺の中のヴィジョンでは見えるからな。

はい、はい。

承知していますよ。

俺の方が身分は上だが、あんた方は大御所の古代神だからな。

それはともかく、こんな状況ではやってられないんだよ。

何とかしてくれないか。
やっつけても、やっつけてもすぐに復活されたのでは戦いようがないじゃないか。
大体、あんたら核の加護についても黙ってやがったし――
まあそれはいいさ。
とにかく、奴らの復活を阻む手段はないのかよ？〟
暫しの沈黙の後――
〝残念ながら、
混沌の身の上の我々にはなす術がない。
闇蓬来は、ある方の加護により核の源を持っておる。
命の源をな。
ゆえに、通常の攻撃では容易く復活してしまうのだ。
完全消滅以外に彼らを倒す道はない――〟
〝おい、おい。
俺に滅びの技を使えと言うのか？
あれは、一回きりの技だぜ。
対象者は原則一人だし、第一俺自身が消滅してしまう――

真っ平だぜ。
それより、核の源を断てば全ては滅びるのではないか。
その核の加護を出している奴をぶっ殺すとか〟
だが、シュ・レンカは否定してきた。
〝…我々はたとえ混沌の海の中にあっても、神として厳然と存在しておる。
今上最高神といえども、無礼な口利きは許さぬぞ。
我が情報網にも、その者の正体も何処にいるかさえも全く解明されていない。
そなた達が見出すのも不可能であろう〟
〝ったく！
役に立たない知識神だな〟
櫟は、舌打ちをした。
〝――本当にこのままでは、俺ら三人に勝ち目はないぜ。
オッサンはともかく、俺と早奈谷は奴らの言うところの虚無界に追われるのがオチだ〟
櫟は暫く考え込んでいたが――
〝そうだ、絶対神様が御降臨なされたら何かの打開策も出てくるのではないか？〟

〝絶対神様？

ああ、伝説の神か。

神の中の神。

しかし、果たして存在しておられるかも定かではない神だ。

絶対神様の御降臨を願うのは、あまりにも儚い望みというものだ〟

〝……〟

大した収穫は何もないまま、櫟はシュ・レンカとの交信を終えた。

絶対神――。

神々にとって最後の拠り所といえるその神は、実在しているか否かさえ定かではない伝説の神である。

その貴き御名（おんな）は、神々は承知はしていても、決して口に出すのを許されぬ――。

そこまで高い存在の神が顕れてこそ、櫟はこの戦いに終止符が打たれると信じていた。

闇蓬来との小競り合いが続く中――。

その日、真影と櫟は東亜大にいた。

この大学は、真影と早奈谷の母校である。

真影は早奈谷から、今度就任した学長との対談を依頼されていた。

新学長は、人界を含む三界の成り立ちについて非常に造詣深い方なので是非とも教えを乞いたい。

だが、自分が出向くわけにはいかないので代わりに話を聞いて報告して欲しいと早奈谷から頼まれたのだった。

学長との対談の理由として、人界から見たバハラード界の手引き書を出版したいので、是非ご意見をお聞かせ願いたいというもっともらしい依頼を早奈谷は設定していた。

真影と櫟は学長室に招かれ、そこで対談することとなった。

(そ、空色のスーツ!!)

初めて対面した東亜大学新学長は、大学創立初の女性だった。

年の頃は、六十代前半か。

何よりもインパクトがあるのは、その偉大な腰回り。

少なくとも、一メートル二十センチは下るまい。

身長は一メートル五十センチ前後。

かなり小柄だ。

その彼女が、女性仕様ではなく完全に男物仕立ての鮮やかな空色のスーツを着て真影の前に現れた。

おそらく、一度会ったら一生忘れられない印象を与える強烈な容姿の持ち主である。

しかも、彼女は男優や男のモデルが舞台でするようなメイクを施していた。

おそらく、本人は男装の麗人を意識しているのだろう。

だが、残念ながら彼女の思惑は世間の常識から完全に逸脱していた。

「君が真影周君か。

よろしく。

私は、東亜大学学長の木佐崎麗香（きさざきれいか）」

見た目とは全く違う可愛げのある名前だ。

櫟は最初から門外漢（もんがいかん）を決め込んでいた。

軽く一礼しただけで、アトリウム仕様の洒落た学長室の片隅に設えた巨大水槽の熱帯魚達を眺めていた。

エンゼルフィッシュ、グッピー、ネオンテトラ、キッシンググラミー等が群れをなして泳いでいる。

有名人から全くの無名人になった櫟は、うっすらと銀色がかった髪にふさわしい流行の革ジャンを着こなし、耳には洒落た銀色のリングのピアスをしていた。

スーツ姿で決めているとはいえ、ごく普通の格好の真影と空色の学長――それに櫟。この三人が一室にいると、何ともいえない不思議な雰囲気が醸し出されていた。

「君が在学中は、古典史の教授だったが」

学長は、男っぽい口調で続けた。

「演劇科に籍を置いていた君が、私のゼミを取らず受講しなかったのは当然だ。しかしながら、今回私との対談を希望したのは――神界と空世、そして人界の相互関係を若い世代にも理解しやすく解説した著書を出版したいがためなのだね？」

「仰る通りです。是非、古典史の最高権威でいらっしゃる木佐崎学長に教えを乞いたく、参上致しました」

大げさな学長の態度に影響されたか、真影まで言い回しが勿体ぶったものになった。

「その心意気や良し！

全く今の人界の乱れは、神界への無知から始まったもの。

特に若い世代の必修科目から神界学が外されたからだと言っても過言ではない！」

学長は、座っていたソファの肘掛けをバンッと叩いた。

そして、立て板に水のごとき勢いで話し始めた。

「いやぁ、十五年前に高校の必修科目から神界学が外されるのを私は必死で反対したのよ。

だけど、当時は教授成り立てのぺーぺーでさあ。

結局、人界優先主義の連中に押し切られちゃった。

悔しい！

今の地位だったら残しておけたのに！

まあ、もう諦めたわ。

今更、遅いのよ！

オーッと、話が脱線してしまったわ。

ごめんなさい」

学長は、先ほど秘書が出してくれた冷めた茶を一気に飲み干すと、話し続けた。

「じゃあ、まずバハラードの全体像について説明するわね。

我々が生きている世界——この世界全体をバハラードというのは知っているわね。

この世界は三界という神界——空世——人界が基本であることも。

それは、人界に生きる者にとって常識よね。

でも、厳密にいえばそうじゃないの。

三界の他にこのバハラードには、別界（べっかい）という異空間が数多（あまた）に存在しているのよ。

時々、忽然と行方不明になる人がいるでしょう。その中には、勿論意図的に姿を眩ましたり、事故や事件に巻き込まれたりした場合もあるでしょうけど、別界に入り込んでしまった例も数多くあるわ。

この異空間も含めてこの世界全体をバハラードと呼んでいるのよ」

「はい、それは存じ上げております」

真影は、高校時代に神界学の授業を受けた最後の世代だった。

その当時から既に神界学は廃れており、教諭も全くおざなりにしか教えてくれなかった。

だが、真影は結構興味を持っていて真面目に授業を受けていたので、よく覚えていた。

「確かこう学んだ覚えがあります。

ババラードとは、この世の大気であり理（ことわり）である。

ババラード自体が命あるものであり、〝個〟としての意志を持つ。

世の全てはババラードに通じる――」

「さっすが！

よく覚えてるわね。

偉いわ。

本を出版する気があるからね。

まさにその通りよ。

混沌の海にすぎなかったこの世界から神が顕れ、同時に大気や理を統べるものとしてババラードも生まれた。

そして最初に生まれた僅か二名の神々が神界を創りあげていったのよ。

まずは、神界の王となりし美しき大神（たいしん）

シュナク・バズーラ!!」

シュナク？　櫟と同じ統率神を意味する名だ。

（やはり、櫟は神界の王族なのか？）

真影は、櫟をチラリと見やった。

「そして、知識と情報を司る神、
シュ・レンカーッ！」

レンカ？　おばさん学長と名前が似ているのは単なる偶然か。

「本当に長い時間をかけて、二名の神々は血の滲み出る努力をして果てしもなく広いバハラードを開拓していったのよ。

後に生まれる神々のために神界の礎を築き上げていったのよ。

やがて次々と新しい神が混沌から生まれでて、自らの務めに従事して、大神シュナク・バズーラの許で大いに繁栄したってわけ。

神界は基本的に階級社会でね。

主神と従神という、人界でいえば主人と家来みたいな関係は未来永劫変わらずに続いていくの。

でも、愛情関係は意外と緩くてね、よほどの主従関係でない限り愛し合うのは自由、男女でも同性同士でもね。

だって、人のように生殖して子孫を残す必要がないから。

そういう意味での禁忌がないのよ。

一族というのは、同じ混沌より生まれたものということだから、同じ一族でカップルになるのも全く問題ないのよ。

神々はババハラードの混沌より生まれ、永遠に生き続けるのよ」

ババハラードが存在する限り、そして寿命はない。

そこまで一気にしゃべると学長は、ホゥと溜め息をついた。

「でもね…。

そんな繁栄を極めた神界も、異界の干渉による次元の裂け目には勝てなかったのよね。

でも、あれのせいで神界が混沌に還らなかったら、人界も空世も出来なかったんだから何ともね――。

神界について研究する身としては何とも複雑な思いだわ」

（やはり、この人も櫟が俺に話した〝真相〟については触れないのか？

知らないのか、あるいは何らかの事情であえて伏せているのだろうか？

櫟の説明だけではよく判らないから、訊きたいところなんだが。

変な訊ね方をしたらこの人、口をつぐんでしまうかもしれない）

真影が迷っていると、彼女は話題を変えてきた。

「ま、ま、バハラードと神界についてはちょっとおいといてね、人界と空世についても話さなければね」

秘書を呼んで茶のお代わりを持って来させると、今度はゆっくり飲み、再び機関銃のごとくしゃべりだした。

「人界も空世も神界の鋳型を残しておきたいという神々の意志によって創造されたんだけどさあ。いかんせん、人界にとっては空世しか直接的な繋がりがないわけじゃん。神界への信仰なんて、もう建前でしかなくなっているのが現実ね」

「しかし、創造主に対する畏敬の念や感謝の思いが人界から完全に失われるとは思えないのですが」

「あ・ま・い・わね。

お兄さん、甘い、甘い。

砂糖菓子より甘いわよ。

誰が直接の御加護や御利益が得られないものに入れあげるっていうの？」

女学長は、大げさに人差し指を振った。

「今や人は、空世にのみ救いを求めている。

次の世に良い地位を得るために徳を積むか、今さえ良ければそれで良いとばかりに刹那的に生きるか――どちらにしても、もう空世に対しての思いしかないのが現状よ。

〝根〟という空世での記録コードに振り回されているのよね。

元々、どんなに徳を積んだって人は神にはなれないんだし。

大それた園所（人界での神社仏閣）はあるけど、人は本音では空世とうまく繋がっていくことのみに心を砕いているのが現実ね」

（この人、神界学の権威だというのに随分とさっぱり諦めているんだな）

だが、まさに現在の人界は神界への信仰を失っている――それは、厳然たる事実だった。

女学長は、今度はバハラードについて説明を始めた。

「バハラードの意味はねえ、バは始まり、もしくは元祖を意味するの。

ハラは大気と理（ことわり）、
そしてドは人を表しているのよ。

つまり繋げれば始まりの大気と理の人ということになるわ。

それは、バハラードが最初の神シュナク・バズーラを生み出すと同時に、バハラード自身も神々と同じく意識や思考力を持ったからだとされているわ」

「そうだったのですか」

真影も冷めた茶を頂きながら合いの手を打った。

「でも、何故神であるシュではなく、当時は存在さえしていなかったド──つまり人という言葉が用いられたのか？

それには古い伝承の言葉があるからなの。

バハラードは、神に非ず──。

神ではなく、高度な自意識を持つ者といったら、人しかいないからね。

だから、ドを人とするのは後付けっぽいけど。

それ以上は私も判らないわ。

でも、あえていうなら全ての母体であるバハラードは何の冠（かんむり）、つまり能力を持っていないという意味だと推測してるの。

人と同じくね」

真影は、他にも幾つか質問をして無事に対談を終えた。

「お陰さまで大変に参考になりました。

色々とありがとうございました」

真影が一礼して見上げると、麗香は水槽の方向を眺めていた。

そこには、櫟がいた。

「すっごく綺麗な子ね。あ、もしかして貴方のいい人？」

いきなりの珍問に真影は大いにうろたえた。

「な〜に言ってるんですか。あいつは見ての通り男ですよ。仕事のアシスタントをやってもらっているんです」

「い〜じゃん、い〜じゃん。そこは私も神界同様に寛容な人間ですから、あ〜いしあってさえいれば、どんな愛でも認めてよ」

「と、とにかく違います！　変なこと言わないでください」

「あら、そうぉ。フ〜ン」

女学長は、それでも興味深げに櫟を見つめた。

櫟もその視線に気づいて学長を見つめ返した。

二人は暫くの間見つめあっていた。

（おーい、お二人さん、何をそんなに見つめあっているんですか～）

特に櫟、まさかこの男装の麗人？

に一目惚れしたわけでもあるまいに。

帰り道に尋ねてみても、櫟ははっきりとは答えなかった。


「あのおばさん、ペチャクチャしゃべった割には肝腎なところはぼかしていたな」

「でも、色々判って助かったよ。

早奈谷にも良い報告ができる」

「ヘイ！　あんた、まだ気づいてないの？」

「え？」

「あの程度の知識は、俺達とっくに承知の上なの。

今回、学長と対談させたのはあんたにより深い知識を与えるためだったんだよ」

「…」

なんか、ムカつくのは何故だろう。

「さあて、久し振りの東亜だし、クラブにでも行って羽を伸ばそうかな」

「いや、伊來に戻って早奈谷に報告しなければ。

今回の対談が俺のためだとしても、疑問なところを早奈谷と検討しなければな」

「まっじめだなあ。オッサン、見た目チャランポランなのに、どうしてそんなに真面目なの？」

「見た目チャランポランって。失礼な奴だな」

「どっち道、俺じゃ空間移動させられないし、帰りたきゃ電車かバスでお好きにお帰りくださーい」

櫟が陽気に言った、その時——


〝ほう、今回の最高神は、やたらと元気な若者だな——〟

おどろおどろしい思念が二人を取り巻いた。


闇蓬来!!

凄まじく低い、まるで地の底から湧き出たような念が二人の頭に響き渡る。

おそらくは、最高位の実力者――。
〝伊來では、私の部下が大層世話になった。
私は、闇蓬来の長である。
名はあえて名乗らん〟
二人は顔を見合わせた。
こんな街中で戦いを挑んで来るとは――。
〝ったく！
お前らどこからでも湧いて出てくるんだな。
ご苦労なこった！〟
櫟の口調は軽かったが、その顔付きは険しかった。
〝オッサン、気をつけろ。
狙いはあんただ。
俺の後ろに回るんだ。
防御術をかけるから〟
〝判った〟
真影は手短に答えて、櫟の背後に回ろうとした。

だが、長はそれを許さなかった。
とてつもない素早さで、あっという間に真影を捕らえた。
「く、櫟っ」
「オッサン！
てめえ、汚いぞ！
いきなり人質をとるとは――」
「何とでも言うがよい！
我らは、そなた達一族を葬るためなら手段は選ばぬ！」
その時、空間移動の術を用いた早奈谷が彼らの前に出現した。
出現と同時に自らの姿を含めて、櫟・真影・長の姿を市井の人々の視界から消した。
街中の人々は異変に全く気づくことなく、それぞれの目的を果たすべく歩み続けた。
（闇蓬来――。
まさか市中で戦いを挑んでくるとは――）
早奈谷も全く予想していなかった。
しかも、真っ先に真影を人質にとるとは――。
〝ほう、さすがだ。

ただの従神とは思えぬ〟

長は感嘆の念を送ってきた。

ならば、遠慮はしないとばかりに真影を抱えたまま更に上空へと昇った。

後を追う形で、櫟と早奈谷も駆け昇る。

四人は市中の遥か上空で相対した。

〝おい、オッサンを離せよ。

その人は俺の一族じゃない。

ただ、手伝ってもらっているだけだ。

いきなり人質にとることはねえだろうが！〟

〝そなたらと関わった以上、もはや無関係とは言わせぬ！

それに伊來では、私の大事な部下をひどい目に遭わせてくれたな。その仕返しもさせてもらおう。

この者の人界での運は尽きたと心得よ！〟

〝ヒェーッ！

助けてくれ！〟

真影も〝念〟で助けを求めた。

〃真影さん！
てめえ、させるか！〃
いきなり、櫟は空間移動をした。
そして、なんと長が真影を抱えている腕の隙間に出現した。
たまらず、長は真影を離した。
長の懐に入り込んだ櫟は、すかさず彼の顔面に掌底（しょうてい）をかけた。
大柄な闇蓬来もその奇襲に大きく体が弾き飛ばされた。
「真影さん！」
早奈谷は、落下する彼を素早く抱き留めた。
「あわゎ〜っ。
早奈谷〜！」
高所恐怖症の真影は、半泣きで彼にしがみついた。
早奈谷が救助するのを見越しての行動だとしても、櫟の戦法は無茶苦茶だった。
〃最高神、落ち着きなさい。
冷静に対処せねば、相手の思う壺です！〃
早奈谷の忠告に櫟は念を返した。

〝それは判っている。
だが、こいつは許さん!!〟
怒りと憎しみを込めた眼差しを櫟は闇蓬来の長に向けた。
〝気性の激しい神だな。
だが、そういう輩、嫌いではないぞ〟
態勢を立て直した長は、そう念を送って来た。
身長、一メートル九十は下らない逞しい体躯と凛々しい容貌、黒い格闘着を纏った
長は、ニヤリ、と笑った。
〝我が性（しょう）は地と火なり。
今上最高神、
参る!!〟
〝待たれよ、
ここは市井である。
無辜（むこ）の民を戦いに巻き込むわけにはいかぬ！
我が創りし結界内で闘われよ！〟
早奈谷は長に申し出た。

〝ほう、人界内に自ら結界を張るか。
さすがだ。
我が一の部下が恐れをなしただけのことはある。
…判った。
そのように取り計らわれよ〟
〝…てめえ、早奈谷の力量を推し測るために、わざと俺を煽りやがったな！〟
櫟の念は怒りで震えた。
〝最高神、感情に左右されましたら、その時点で敗北は必至であります！
どうか、お心を鎮められますように〟
〝…〟
櫟は、忌々しげに長を睨んだ。
〝判った——。
オッサンを頼んだぞ〟
早奈谷は黙って頷く。
長は、そんな二人のやり取りを目を細めて見つめていた。
真影を地上に降ろすと、再び上空へと駆け昇り、早奈谷は空中で印を結んだ。

忽ち、四人は早奈谷の創り出した結界へと入り込んだ。

紅蓮の炎が渦巻く、活火山周辺のごとき空間で二人は力の限り闘った。

しかしながら、全くの互角――。

地と火を司る長の力は、櫟の能力に勝る部分もあったが、櫟には蛇の性を基調とする鉄壁の防御術があった。

早奈谷と真影は、結界の中に更に作った防御結界内で二人の戦いを凝視していた。

闇蓬来は不死身ではあるが、人界のトーンに合わせるために基本は生身と同じ体質で出現する。

（埒があかんな）

長は、苛立った。

この若い美神も人界神ゆえに当然生身なのだが、究極の防御術を備えている。

長がかける術をことごとく防御できるが、そのために攻撃力が半減するので、長もあまりダメージを受けないのだ。

互いに決定的な攻撃が仕掛けられずに時間が過ぎて行く。

長は疲れを感じて来た。

（まあ、良い。

今回は手合わせだ。

従神の凄まじき能力も確かめられた。

いずれにせよ、
核の御加護のある我に敗北はない。

そろそろ立ち去るか）

長がそんな思案にくれた時、檪がその鳩尾（みぞおち）に弾丸のような勢いで突進した。

不意をつかれて、まともに頭突きを食らった長は暫く息がつけないほどに悶絶した。

「貴様――」

「そろそろおうちが恋しくなったか？

闇蓬来のおじさんよ。

埒があかないと思っているのはお前さんだけじゃないんだ。

こうなったら、互いに素手で決着をつけようじゃないか」

（こいつ！）

長は思わず我を忘れた。

体格の差は歴然としていた。

身長はかなりあるが、非常に細身の櫟と筋骨逞しい長とでは格闘したら一瞬で勝負がつきそうだったが――。

長は、櫟に掴みかかった。

それを素早くよけると、櫟は回し蹴りをかけた。

だが、長はそれをまともに食らう代わりに、バランスを崩した櫟の両足を掴みそのまま数回回すと地面に叩きつけた。

「フッ、上等じゃねえか」

顔面を血まみれ、泥まみれにして櫟は起き上がった。

激しいダメージをものともせずに薄ら笑いを浮かべて長に近づいて行く。

「貴様！」

長が顔面に拳を決めた。

だが櫟は怯まずに次の拳を上げた一瞬の隙をついて再び鳩尾に頭突きを入れた。

「！」

両手で鳩尾を押さえる長の右肩に櫟は思い切り噛みついた。

「ガアッ！」

言葉にならない悲鳴をあげた長と、その後はくんずほぐれつの取っ組み合いに突入した。

「最高神──」

びびっている真影を気遣いながら、早奈谷は櫟の炎のような気性の激しさを思い知るのだった。

二人は精も根も尽き果てるまで殴りあった。

いつの間にやら、二人は結界の地に大の字になってひっくり返っていた。

激しく喘ぎながら、長は言った。

「やるな──。

その細い体で呆れたものだ」

「あんたも、俺の卑怯技にもめげず、燃えてたな」

櫟は、心底痛快だった。

子供の頃は典型的ないじめられっ子だったが、本当は人一倍の闘争本能をその内部に秘めていたのだ。

久々に素手で喧嘩をして、傷だらけになっても櫟は満足だった。

そして、この宿敵であるはずの闇蓬来の長に妙な親しみさえ感じた。

しかし──

先に起き上がった長が突然、絶叫して顔を押さえた。

「おい、どうした？」

櫟は驚いて声をかけた。

「長く――居すぎた。仮面がもた…ん」

長の両手の隙間から、肉の焦げる臭いと煙が立ち上った。

そして、櫟が垣間見た長の素顔は――、
思わず顔を背けてしまう凄まじさだった。

顔全体にフジツボ状のものが張り付き、目鼻の区別もつかないほどに所々がえぐれ、ひきつれていた。

「長…。お前――」

それきり絶句する櫟に凄まじい憎悪の念を送り、長は早奈谷の結界を破ると姿をくらませた。

「全く、無茶な真似をなさって…」
アジトに戻り、癒しの術をかけながら早奈谷は呆れ顔で櫟を見つめた。
「いちいち、そんな顔するなって。
思いっきり喧嘩するのもたまにはいいもんだぜ」
櫟は、上機嫌だった。
（だが、長の顔が突然あんなになったのは何故だ？
一体、奴らは何者なんだろう？）
神界からの情報では、長年の宿敵としか教えられていないのだ。
櫟がそんな思案にくれていると、今回はひたすら足手まといでしかなかった真影が、
「俺は、下りる。
仲間から抜けさせてくれ」
と言い出した。
「俺がいたら、いつも人質に取られてしまう。
それじゃ、お前達だってまともに戦えないだろう」
真影には今回の件がよほどショックだったのだろう。
そう二人に言い切った。

「真影さん、そんな風に仰らないでください」
早奈谷は慌ててとりなした。
しかし、真影は完全に落ち込んで、仲間から外れると頑強に主張した。
引き留める早奈谷と延々と話し合いが続いた。
「やっぱり駄目だ。俺がいたら足手まといになってしまう。
最初の闘いがうまくいったのはあの闇蓬来の隙をついたからだ。
だが、これからはそうはいかないだろう」
「真影さん、そんな弱気にならないでください。
防御についてはよく考えますから」
「でも、奴らは何の前触れもなく襲って来る。
ここは結界が張ってあるから安全だろうが、このヴィラ以外では俺は全くの無防備
だ。
それじゃ、ちょっとした使いすらできない。
そんな立場ならいない方がましじゃないか」
真影は、彼らから離れる決意を固めていた。
それほどまでに、街中で襲われた恐怖は真影の心を傷つけていた。

しかし、早奈谷は真影を慰留し続けた。

櫟はずっと席を外していた。


二人の話し合いはつかず、いつしか夜になっていた。

そこへひょっこりと櫟が顔を出した。

「まあ、まあ。

お二人さんとも落ち着けよ。

腹が減ったろ？

俺様特製の料理でも食わないか？」

そう言って二人をダイニングに呼び寄せた。

ダイニングのテーブルには、スーラという人界独自の麺料理が置かれていた。

やや太めの麺の中に味付けした具が入っていて、薬味をかけて熱々をすする。主に軽食や夜食に重宝されている真影の大好物だ。

元々、このヴィラにはキッチンがなかった。

早奈谷が真影と櫟のリクエストした物をまさに理想の状態で具現化してくれるからだ。

櫟にもその能力はあるが、早奈谷の方が遥かに優れた物を作り出せるので、今まで櫟が料理や食べ物を作り出したことはなかった。

今回は二人が深刻な話し合いをしているので、櫟なりに気を利かせたのだろう。

(今は、食事どころではないのに)

真影はそう思ったが、目の前のスーラはとても旨そうだった。

「我ながら、上出来だ。

いっただきまーす」

櫟は箸を取るとフーフーと吹き冷ましながら、スーラを食べ始めた。

「…」

つられて真影も箸を取った。

スーラは熱くて、中の具も好みの味付けでなかなかの物だった。

早奈谷も旨そうに食べていた。

真影が食べ終わると、
櫟は突然、けたたましく笑い出した。

「くーっちゃった、食っちゃった。

オッサン、蛇(じゃ)の気を食っちゃったーっ」

「な、何だと」
真影は慌てて口を押さえた。
「もう遅いぜ。
オッサン、俺の術が入ったスーラは旨かったかい？」
「櫟、てめえーっ！」
胸ぐらを掴んで一発かまそうとしたが、スルリと逃げられてしまった。
「蛇の性の俺を捕まえようったって無理だよ。
オッサン、でもこれで安心だ。
オッサンの防御力は完璧さ」
「どういう意味だ？」
「俺が支配している蛇の防御力を直接吸収したってことさ。
今食べたスーラに俺が仕込んでおいたんだ。
オッサンはこれで人界では闇蓬来の攻撃から守られる。
うっらやましいぜ。
オッサンは戦うわけじゃないから、完全防御の術がかけられるのさ。
早奈谷、これでオッサンが辞める理由がなくなったな」

早奈谷は、真影に頭を下げて詫びた。

「申し訳ありません。私の監督不行き届きでした。真影さんに断りもせず、術をかけてしまいました」

口ではすまなそうに言っているが、なんか嘘っぽい。

こいつ、絶対に櫟の策略を承知してやがったな。

「やーい、引っ掛かってやがんの！」

調子に乗って櫟ははやし立てる。

「まあ、結果が良いならそれでいいさ」

真影は半ばやけくそ気味に答えた。


防御の件が解決して、落ち着きを取り戻した真影は、学長から得た情報について幾つか早奈谷に問い質した。

「神界には、三界の礼の他に、

〝全界の礼〟

というのがあるそうだな。

それはどういう礼なんだ？」

「それは――種の封じ手といえます。

我々はその礼の形を知っておりますが、まず用いることはありません。

またその礼の形は神々各々に違う形をしているものなのです」

「ふーん、そうなのか。

でも何故その礼は封じ手とされているんだ？」

「その礼は、神同士では用いられないからです。

神同士で行うのは厳禁されています」

「じゃあ、誰に対して行うんだ？」

「それが、この礼が封じ手と言われる由縁です。

神が人や万物に対して、心底の感謝の念を表す場合にのみ用いる礼とされています。

しかし、失礼ながら神が人や物に対してそこまでの礼を尽くす事態はあり得ないからなのです」

「ほ～。そうなの」

真影は内心、

（俺だって神々の協力者なんだから、いつかその全界の礼とやらをしてもらえる日

が来るかもな）
と、のほほんと考えていた。

夏が始まった。

ここのところ、闇蓬来の襲撃もなく真影は伊來でのリゾートライフを満喫していた。

櫟の防御術のお陰で、単独行動をしても闇蓬来に襲われることもなかった。

人界屈指のリゾート地である伊來には、夏になるとこぞって金持ち連中が訪れた。

この土地も一年で最も華やかで騒がしい時期を迎えていた。

ある日の夕刻――。

櫟は突然、十五、六人もの若い女の子達をヴィラに連れて来た。

早奈谷と真影は突然のギャルの大量来訪に大いに驚いた。

「いや～、短大のサークルの子達と知り合いになっちってさあ」

櫟は既にそうとう出来上がっていた。

「俺の別荘が近所だって言ったら、皆さん是非遊びに来たいって仰るから連れて来ちまった」

手短に二人に説明すると、

お邪魔しま〜すとばかりに二十歳前後の女の子達がどっとあがりこんできた。

暫し、呆気にとられていた真影だが、やがてその顔はこれ以上ないくらいにやに下がった。

「うひょひょ〜、女の子がてんこ盛りじゃないか。

どの子もすっげえ可愛いじゃん」

一般人になった櫟だが、元々が華のある美男だからナンパし放題である。

「今日は、バーベキューでもてなそう。

早奈谷、準備を頼むぜ」

櫟はそれだけ言うと、カラフルなサマーウェアに身を包んだ女の子達を引き連れて客間へ向かった。

客間の前にはよく手入れのされた庭があり、湖が借景になっている。

女の子達は、キャーキャー騒ぎながら櫟を中心に群れて楽しんでいた。

早奈谷は苦虫を噛み潰した顔つきで大量の具材を具現化し、バーベキューをセッティングし始めた。

「俺も行っていいかな。

早奈谷く〜ん」

「…」

早奈谷が返事をしないのに、真影はもう女の子の群れに向かって突進した。

早奈谷が内心、真影に軽薄な行動は慎むよう櫟に言って欲しいと思っているのが痛いほど判っていた——が、そこは哀しい男の性（さが）で、一緒になって楽しむ方を選択したのだった。

ソファの中心に居座り、周りに女の子を侍らしている櫟はさながらお茶屋遊びに興じる若旦那か——。

真影は、太鼓持ちと思われようがおじさん呼ばわりされようが構いませんとばかりにバーベキューを取ってやったり、ビールを注いでやったりと浮かれまくっていた。

真影は、サークルのリーダーだと紹介された小柄な目立たない感じの女性を見てから表情が曇った——。

それでも、暫くの間は陽気に振る舞っていたが、何杯目かのビールを、けつまずいたはずみで思い切り自分にかけてしまった。

「しまったあー、おじさんやっちまったぜ。

ワアーッ、グッショグッショだあ。

悪い、皆さんちょっと着替えて来るわ」

わざと大げさにビールで濡れたシャツやパンツを見せびらかすと、二階の自室に向かった。

少し経つと、小柄な女性も気分が悪いから外の空気を吸いたいと二階のベランダに行った。

櫟は女の子達とふざけたり飲むのに夢中で、二人の行動を気にも留めていなかった。

真影は電光石火の速さで着替えると、彼女の待つベランダに向かった。

二人は、向かい合って〝念〟で話し合った。

〝参ったな〜。

今の今まで女祭りを楽しんでいたのによ〟

〝何、言ってるのよ。

突然、顔貸してくれって念で言ってきたくせに。

そのまま、お祭りしていればいいじゃない。

気がつかないふりしてさ〟

〝そうもいくまい——。

あんた、あの時の櫟のマネージャーさんだろ？〟

〝よく判ったわね。

荘厳園でちらっと会ったきりなのに。
まさか、貴方に気づかれるとはね。油断したわ〟
〝あんたも闇蓬来だったのか〟
〝その通りよ。
降臨する前にうまいこと片づけようと思って、色々苦労してたのに、あの従神は
やって来るわ、本人が目覚めちゃうわでもう大失敗。
今更、言っても仕方ないけどさ。
だから改めて闘いに来たってわけ〟
〝悪いことは言わない。
やめておけ〟
〝え？〟
〝櫟は恐ろしいぞ。
特に裏切り者や卑怯者には全く容赦しない〟
真影は、櫟が恩師を利用しようとした闇蓬来に対して行った過酷な攻撃を思い浮か
べていた。
〝それは、承知の上よ。

あの最初の闘いの時のこと言ってるんでしょ？
ちなみに彼は私の亭主だったりするんだな。
私の名前はキリコ、と申します。こう見えても、仲間内では三番手といわれてるのよ〃

〃自己紹介されなくても、このヴィラにやすやすと侵入してきたくらいだから、あんたが凄腕なのは判るよ。

だが、やっぱりやめてくれないか〃

〃せっかく、ここまで来られたのに？
私、長年人間に化けていたでしょ。
闇蓬来の気配を消せるのよ。
あと、沢山の人間がいれば紛れ込んで見事に侵入成功だったのに。
貴方のお仲間の神々、強すぎなんだもの。
そうでなければ、私だってこんな手は使いたくなかったけどね。
あの子達は、ここに遊びに来てたのを術にかけて連れて来たの。美人ばっかりでしょ。
いざとなったら人質にできるしね〃

真影は呆れて、頭を抱えた。

〝あんたな〜、そんな汚い小細工して、ばれたら櫟がどれだけ怒るか――想像しただけで気が遠くなって来た――〟

〝貴方、すごいわ。

あの連中に気取られずに、私と念を交わせるなんて。

大したものよ〟

キリコは心底、感嘆した。

〝…俺は、別にあんたが女だから忠告しているわけじゃない。

それは却って失礼だろう。

だけど――個人的には、やっぱり女性が櫟にボロくそにやられるのは見たくない。

櫟にはそんな真似もさせたくないんだよ。

女の子達を巻き込みたくないしな。

頼む――今日のところは引いてくれ〟

キリコは真影をじっと見つめた。

真影もキリコを見つめ返した。

暫くの間二人は見つめ合っていた。

やがて、キリコは視線をそらした。
〝判った——判ったわよ。
今日はやめておく〟
真影はホゥと安堵の溜め息をついた。
〝…こういう場合に言うのも変だけど——
ありがとう〟
〝でも、いずれ私と闘う日は必ず来るわよ。
その時は、遠慮しないからね。
いいわね、最高神のお仲間さん〟
〝いいよ、その時は俺、隠れてるから〟
〝いずれにしても、貴方はすごい。
さすがにあの従神さんが仲間にしただけのことはあるわね〟
〝俺はただのおじさんだよ。
おねー様〟
〝そういうことにしておきましょう。
おにー様〟

「さて皆様、宴もたけなわではございますが、この人が気分が悪いそうなので、この辺でお開きにしたいと思いまーす」

真影はパンパンと手を叩いてこのパーティの終了を宣言した。

櫟は明らかに不満げだった。

「何だよ、まだ宵の口じゃねーか。いよいよこれからだってのに」

「何とでも仰ってください。じゃ、彼女達を送って行くから」

キリコの肩を抱き、女の子達を促して真影はヴィラから皆を連れ出した。

キリコは、女の子達を無事に空間移動で自宅に帰した。


「なんか、のどかね。良い所じゃない」

二人は暫く湖畔の遊歩道を歩いた。

「でも、どうして私があの時のマネージャーだと判ったの？

それ、どう考えても不思議なんだけどな」

「俺、昔から人の持つ独特の雰囲気みたいなのをよく覚えているんだよ。あんたを見た時、あの時のってすぐ判ったんだ」

「へえ～、やっぱり貴方すごいわよ。

――でも、今回のことがばれたら貴方がおとがめを受けるんじゃない？

勝手な行動したとか言われて。

あの連中、人の心なんて容易に読めるんでしょう？」

「それは大丈夫…だと思う。

仲間になる時、絶対に俺の心を読むなと約束させたからな。

連中は簡単に約束を破るような奴らじゃない」

（櫟は案外、鈍感だし、早奈谷は気づいても、気づかないふりしてくれるだろう）

希望的観測だけどな。

「あの子達を信じてるんだ」

「まあね」

「敵同士が長話するのもなんだから、私も消えるわ。

バイバイ、おにー様」

キリコはかき消えた。

潔い女（ひと）だ。

どこぞの奥さんなのがちょっと残念かな。

真影はヴィラに向かって踵を返した。


女闇蓬来が闘わずして去って三日が過ぎた。

その日の朝、真影は早奈谷に東亜に事務的手続きをするために行って欲しいと頼まれた。

「判った。

それなら悪いけど、東亜で一泊してきてもいいかな？

あっちの知り合い達とも久し振りに会いたいから」

「それは構いません。

真影さんは、伊來の親戚のヴィラを管理していることになっていますから、そこのところを気をつけてくだされば。

東亜レクシルホテルに予約を入れておきましょう」

レクシルホテルは東亜随一の高級ホテルである。

「悪いな。

ありがとう。

――それから櫟のことなんだが」

「はい、最高神がどうかされましたか？」

「お前さんの耳に入れようかどうかずっと迷っていたんだけどな。

あいつ、自分を神だと思っていないらしい。

――例の事件で撃たれて怪我をしたのが、よほどショックだったんだ。

あの時、お前さんに叱られた後で自分は人だと言い切った。

まあ、それきりこのことに関しては何も言わないが、どうにも気になってな。

一度、しっかり話し合ってはっきり自覚させてやった方がいいんじゃないかと思うんだ」

「…判りました。

一度、最高神とよく話し合ってみましょう」

櫟は、朝から湖の結界の点検に追われていた。

どうやら夕刻までかかるようだ。

「じゃあ、俺は行って来る。

また明日な」

真影はたまにはランドクルーザーを運転したいと、空間移動は丁重に断った。

二時間後——東亜に到着した真影は、宿泊先のホテルに車を停めた。

ホテルのレストランでゆったりとランチを楽しみ、徒歩圏内の東亜市庁舎まで食後の散歩を決め込んだ。

のんびりと大通りを歩いていると、そこへ鮮やかなメタリックブルーの高級車が近づいて来た。

派手にクラクションを鳴らされて、真影は驚いて振り向いた。

中から意外な人物が顔を出した。

「お久し振りね。真影の周さん」

車窓から顔を出したのは、東亜大学の学長だった。

（ひゃっ！

ここでこの人に出会うとは）

真影は、出版予定のない本への言い訳をどうしようかと大いに焦った。

だが、女学長は意外なことを言い出した。

「無理しなくていいのよ。貴方達のことはよく判っているから。ちょっと、付き合ってくれる？」

「はあ…？」

促されるままに、真影は車に乗り込んだ。

今日の彼女は、夏物の黒地に白いストライプのパンツスーツを着ていた。初対面の時の空色スーツより大分まともに見えた。

腰回りは相変わらずだったが。

彼女は、真影を自宅マンションへ連れて行った。

「別に、取って食おうとか、貴方を襲っちゃおうなんて思ってないから安心なさい」

「はい――」

マンションのリビングに通された。

学長は、対談した時とはうって変わった落ち着いた様子で茶をいれて、真影に勧めた。

「――神様達のご機嫌はいかが？」

真影は、口に含んだ茶を思い切り吹きそうになった。
「どうしてそれを…みたいな顔してるわね。
まあ、無理もないか。
実は、私はちょっと特殊な立場の者でね。
私は空世の記憶コードである〝根〟を人界においても持てる者なのよ。
まあ、簡単にいえば前世で降臨した神に仕えていたの。
今の貴方みたいにね」
彼女は、ゆっくりと茶を啜りながら語り始めた。
「黙っていようかとも思ったのよ。
でも、私って根がお節介なものだからさあ。
今日、貴方が東亜に来るってちょっとした千里眼で知ったから、張ってたのよ」
どうやら特殊な能力も持っているらしい。
「…貴方が私と対談できるように手配した神様、遣り手だけど青いわね。
別に小細工しなくても、素直に貴方に教えてやって欲しいと頼めばいいのに」
「…」
そこまで見抜かれていたのか。

「本来なら、闇蓬来と戦うために多くの神々が人界に降臨するのは知っているわね」

真影は、頷いた。

「最高神から聞きました。ですが、今回は私が共にいる最高神と従神だけが降臨されました」

「そう、今回は特殊みたいね。

私の時は、沢山の神々が降りていらしたわ。

それでも、人の協力者もいる。

私はその中でもトップで、当時の今上最高神様にお仕えしていたの。

そのきっかけとかは、これからの話に関係ないから話さないけれど」

学長は、初対面の時とはまるで様子が変わっていた。

「前の時は、あの最高神様がいたから話せなかった。

貴方は、あの神々から聞かされてはいないでしょう。

人界神の運命を」

「運命…ですか?」

真影は、学長のお節介から人界神の運命——

否、悲愴な宿命を知った…。

真影は、伊來に向けてランクルを走らせていた。
学長の語った話を何度も噛み締めながら。
高速を制限速度ぎりぎりで走らせる。
真影の心は、千切れた木の葉が風に舞い狂うようだった。
東亜大学・学長はこう語った——。
「バハラード以外の世界が存在するのは、知っているわね。
それらの世界を異界（いかい）というのもね。
異界の一つに地球という世界があってね。
そこはとても人界に似ている世界だから、例えとして使うわね。
地球には、全ての生命に寿命があるの。
寿命は人界では空世へ行く時期を指すのだけど、地球は違う。
寿命、もしくは事故等で人体を維持できなくなると、全て滅びてしまうのよ。
それを地球の人々は、
〝死〟と呼んでいるわ。
人界では、空世へ行くと言うでしょ。

でも、暫くしたらまた人界へ戻って来られるじゃない。

しかし、地球では〝死者〟は永久に帰って来ないのよ。

ババラードにも、虚無界という〝別界（べっかい）〟があってね。

そこはまさに地球の死に当てはまる世界なの。

人界神が闇蓬来に敗れたらそこへ行く――神々は空世へは行けないのよ。

たとえ、生身であり人界から生まれた人界神でもね』

『与えられた任期――百年の前に闇蓬来に敗れた神々は、全て虚無界へ行くしかないのよ。

そこへ行った神々は二度と甦ることなく永遠に眠る――、〝死〟と同じ状態になるのよ。

唯一、甦るとしたら絶対神様が降臨して復活の御技（みわざ）を為せばとされているけれど、絶対神様は伝説の神――、架空の存在とされている。

可能性はゼロに等しいわね』

学長の言葉が、真影の胸に重く重くのし掛かって来た。

「まあ、運よく百年の任期を終えて神界に戻れたとしてもね。

今の神界は混沌の海と化している。

戻って来た神も混沌に還るしかないわけよ」

真影は思う。

元々神界に存在して、自ら混沌の道を選んだ古参の神は自身の選択なのだから諦めもつくだろう。

だが、櫟と早奈谷はずっと人として生きて来たのだ。

任期を終えて、神界へ帰っても混沌化する道しかないとは――。

人として成長して生きて来た者が、おどろおどろしい混沌などになりたいものか――。

「私が知る限り、人界神で神界へ戻られた神はいないわね。

私がお仕えした神もそうだった。

他の時代の神々も全て虚無界へ飛ばされているわ」

(何なんだ、
それは一体、
何なんだよ――!)

ランクルを走らせながら、真影は心の中で絶叫していた。

人界神の宿命――。

死か混沌か――。

おそらくは、

〝死〟。

それが櫟と
早奈谷の行く末――。

（惨い――

惨すぎる）

早奈谷は、大学時代の一番親しい後輩だ。

あの生意気な櫟に対しても、色々あったが今は大事な仲間としての情がある。

（どうにもならないのか。

どうにも――）

真影は、早奈谷に頼まれた用事を全てすっぽかし、ホテルに断りもいれないで、ひたすら伊來へと車を走らせた。

学長宅には、せいぜい一時間程度しかいなかった。

それ以前の食事時間などを合わせても、東亜に三時間――。

往復の移動時間を含めても七時間――。

夕暮れ近くに真影はヴィラに戻った。

事実を知ったところで、自分が全くの無力でしかないのは百も承知だった。

だが、真影は彼らの許に行かずにはいられなかった。

一泊の予定だったのに、いきなり帰ったらさぞ驚くだろう。

しかし、真影は学長の話の真偽を彼らに問い質さなければ、耐えられなかった。

ヴィラに入ると、真影は二人を捜した。

彼らはリビング隣の客間にいたが、ただならない雰囲気だったのですぐに部屋に入りかねた。

彼らは、激しく口論していた。

「貴方は、まだ御自身が人であると思っておられるのですか！」

早奈谷の激昂した声が響いた。

「だって、俺の体は生身じゃないか！

防御術をかけなければ、闇蓬来と戦うのさえままならない。

防御に力を使うから、攻撃力はガタ落ちだ。

こんなの神じゃない！」

「型代（かたしろ）になられたことこそがなにより神である証だと——何度申し上

げれば、納得なさるのですか！」

「真影のオッサンから聞いたんだな。

俺が自分を人だと思ってるって――」

「…あの方は、心から貴方を心配してくださっています。

このままでは、いずれ闇蓬来の餌食になってしまわれると」

「なったっていいさ。

どうせ、神界へ行けても今の神界なら混沌化するだけだものな」

「古代神の深き思慮の結果、そう定められたのであれば、我々もそれを受け入れなければなりません」

やはり、学長の言葉は真実か。

「違う！　違うんだ！

俺が言いたのは、そんなんじゃない。

神になれば、
神になりさえすれば――あんたのことだってきっぱり思い切れるって思ってたんだ。

でも――でも――」

真影は、思わず後退りしてシェード付きの電気スタンドを倒してしまった。

「！」

物音に気づいて櫟はドアを開け、真影を見つけた。

一番、聞かれたくなかった思いを聞かれてしまった櫟は、険悪な表情で真影を睨んだ。

「この告げ口野郎！」

そう怒鳴ると、後も振り返らずにヴィラを出て行った。

真影は、自分がオッサンから告げ口野郎に昇格？　したのを知った。

呆然として櫟を見送った早奈谷を、真影は見返した。

「なある…ほど。そういうことか」

「何故、貴方がここにいらっしゃるのです。

東亜で一泊する予定ではなかったのですか？」

「俺にも、色々と事情があるのさ」

真影は、大げさに肩をすくめてみせた。

「さっすが、早奈谷君だ。

美形の男子にモテますなあ」

早奈谷も険悪な顔つきで真影を睨みつけた。

「…だから、俺を強引に仲間にひきこんだのか？」

「…」

早奈谷は答えなかった。

「いや、待てよ。と、いうことは――」

その時、彼は突然悟った。

あの櫟の無謀な殴り込み事件の真の意味を――。

櫟は、降臨以前から早奈谷に思いを寄せていた。

女の子達を連れて来たりしたのも、当てつけみたいなものだったのだろう。

何よりあの雷三昧の夜――。

「あんたは、いつもそうだ。

いつだって俺の気持ちを無視して――」

そんな台詞を吐いていた櫟。

つれない従神への呪詛。

いや、それはさておき――。

主従関係になり、生活も共にしなければならなくなった櫟は、非常に気まずい状況になった。

おそらく、既に降臨前に告白とかしてしまっていたのだろう。

その相手と一つ屋根の下で、二人だけで暮らすのは誠にきつい。

だからどうしても、二人の間にワンクッションをおける人間を側に置きたかった。

櫟には、その人物は真影しか思いつかなかった。

だが、神として降臨した直後は自分も興奮してしまって暴言を吐き、真影を怒らせてしまった。

かといって今更、頭を下げて仲間になってくれとは神としてのプライドもあって頼めない。

だから、千里眼の力で得た取引の情報を利用して強引に仲間に入れようとしたのだ。

自分の能力のすごさを見せつけて、真影が感服して仲間にしてくれと言ってくれば良し。

そうならなくても、それをきっかけに何がなんでも仲間にしようと企んだのだろう。

何て奴だ！

考えていることが子供そのものだ。

それで、俺は危うく空世へ一直線みたいな目に遭ったのか。

早奈谷は、あの事件には直接は関与していない。

それは、あの時の対処で判っている。

だが、その後やや強引に自分を仲間に引き入れたのは、彼も櫟と二人だけの状況に閉塞感を抱いていたからだろう。

彼にしても、渡りに船だったわけか。

（櫟〜っ！

てめえ、この野郎！）

真影は怒り心頭で、思い切りどついてやろうと櫟の姿を捜した。


櫟は、すぐに見つかった。

湖の畔で暮れなずむ景色を眺めていた。

ぼんやりとしゃがんでいた。

その姿があまりにも寂しげで、真影はつい昼間教えられた人界神の宿命と重ね合わせてしまった。

真影は、櫟の側に並んでしゃがんだ。

「悪かったたな。

何か告げ口したみたいになっちまって――」

（なに、謝ってんだ！

俺はーっ）

内心、自分に毒づきながら真影は櫟を責められなかった。

「別にいいさ。

あいつには、いずれ判っちまっただろうし」

真影は、昼間学長に会って人界神の宿命を聞かされたことを話した。

「チッ！

あのおしゃべりめ」

櫟は、それ以上は何も言わなかった。

櫟は、右手を捻って夕焼けの空に幾つもの万華鏡のような紋様を描いた。

幾何学模様やペイズリー型の色鮮やかな模様はまるで無音の花火にも見えた。

結界を張ってあるから、その景色を見た人間はいない。

「綺麗なものだな」

真影は、感嘆した。

「混沌化した神々は、神界の宙（ちゅう）にこうした紋様を描いて眺めるのを唯一の楽しみにしているそうだ。

案外、のんびりしてて楽しいかもな。神界も」

「そうだな」

真影は、それしか答えられなかった。

そして、一瞬ためらったが櫟に尋ねた。

「お前、そんなにあいつが好きなのか？」

案の定の反応が返って来た。

櫟は膨れっ面をして
「悪いかよ⁉」

と怒鳴った。

「いや、別に責めてるわけじゃない。

実は、俺も四年前にあいつに告白して…振られた」

意外な返答に櫟は驚いて真影を見つめた。

「へぇー、あんた、そんな風な人には見えなかったけどな」

だから、四年の間気まずくて音信不通だったんだと真影は告げた。

「『僕には、そういう気持ちはありません』

とはっきり言われた。

あんなお堅い航空母艦を相手にしても無駄だってことだ。

あっ、男だから母艦は変か。

いや、もっと変なのは俺らか」

二人は、顔を見合わせて笑った。

「お前こそ、なんであいつなんだ。

女の子なら、それこそよりどりみどり、アオミドロだろう？」

真影は以前、櫟が言った変な語呂合わせを真似て尋ねた。

「そりゃ、そうなんだけど」

「否定しませんねえ。色男」

「俺は、初めて早奈谷に会った時、理屈も何もなく、心がというより魂が選んでしまった。

早奈谷という人間を。

その時はまさかあんな縁（えにし）があるなんて夢にも思わなかったけれど。もう自分でもどうにもならないほど、魂が動いてしまった。

そうしてもう、俺の思いの全てが早奈谷から離れない——。

離れないいんだよ」

「櫟――」

(俺はもうどうだっていいんだけど。

今はそんな気持ちはないし――。

だけど、早奈谷は櫟をどう思っているんだろう。

主従関係だから神界の掟で、自らの気持ちを封じているのか？

俺には、早奈谷も櫟に特別な感情を持っているように思えるのだが)

だが――今は考えまい。

人界神の宿命を知った以上、ますますこの神々を放っておけなくなった。

(まあ、しゃーねえか。

こうなりゃとことん付き合ってやろうじゃないか――)

櫟が描き出す美しい紋様を眺めながら、真影は思いを新たにするのだった。

それからも、最高神櫟とその従神早奈谷、人間の協力者真影と闇蓬来一族との戦いは続いた。

僅か三人のグループに不死身の闇蓬来が苦戦するのは、通常では考えられなかった。櫟の卓越した攻撃力と防御力、何より早奈谷の優れたフォローが闇蓬来の勝利を阻んでいた。

真影も人界での野暮用や、細々としたフォローにそれなりに役に立っていた。

だが、そんな彼らと闇蓬来に、ある時、とてつもない転機が訪れた。

「真影さん、大丈夫ですか？」

「は、ははは。

とんだ鬼の撹乱（かくらん）だな」

決して頑強なタイプではないが、今まで病気らしい病気をしたことがなかった真影がここ二、三日高熱に悩まされていた。

早奈谷の癒しの術も効かない。

いや、早奈谷自身がここ暫くの間、決して口には出さなかったが、明らかに体調が思わしくないようだった。

「ま〜ったく、二人ともしっかりしてくれよな」

櫟は一人、やたらと元気だった。

運が悪く、そんな時に闇蓬来から戦闘宣言が出された。

キリコの奇襲未遂以来、彼らは結界に入り込むのを諦め、彼らを呼び出す方式に変えたのだった。

三人は結界外でも決して敗れはしなかったが。

「チッ、よりによってこんな時に」

櫟は、苛立ちの色を見せた。

仲間のコンディションが悪いだけではない。

外は、人界特有の磁気嵐が荒れ狂っていた。

バリバリという電磁波がぶつかり合う音が室内からも聞こえて来る。

「オッサンは、大人しく寝てろよ。ここにいれば安全だからな」

「すまん…な。

今日はそうさせてくれ」

「すいません、戦いが終わったらすぐに病院へ連れて行きます。

私の癒しの術では、治りそうもありませんから」

「いいんだよ。

気にするな。

それより頑張ってこいよ」

神々は、その場から消え去った。

（それにしても、すげえな。

この磁気嵐…）

人界ではたまに起こる自然現象だが、その日のそれは尋常ではなかった。

早奈谷が入れてくれた、決して尽きることのない氷水入りのコップで水分補給しながら、うつらうつらまどろんでいると、

突然、念が真影の脳裏に届いた。

〝真影のおにー様、お久しぶり――〟

〝キリコさん…か？〟

〝一応、おにー様にもお断りしておこうと思って――。

でも、丁度良かったじゃない。

病気になって隠れていられて〟

〝…神々と戦うのか？〟

〝そう――。

ごめんね。

本当に貴方の神様達って強すぎるわ。

私も何だかんだと理由をつけて先延ばしにしていたんだけど、そうも行かなくなってね〟

〝そうか、仕方ないな。

あんたにも都合があるんだろう。

せいぜい、頑張れや〟

〝自信満々ね。

じゃあ、バイバイ〟

キリコは、内心泣いていた。

(私が勝てるわけないと思っているのね。

でも、残念だけど私の〝空〟の術は、ある意味最強の術——

貴方はもうあの神々には会えないわ)

あのトリオに個人的な恨みがあるわけではない。

真影には、友情っぽいものも感じている。

だが、闇蓬来である以上、いつかは滅ぼさねばならない相手なのだ——。

キリコは、自らの情を断ち切って湖へと向かった。

「お久し振りね。お二方――」

闘いの結界内でキリコは余裕の笑みを見せた。

「荘厳園以来と言いたいところですが、いつぞやは真影さんの説得で引いてくださいましたね」

「あら、やっぱり見抜いていたんだ」

「お前、あのバーベキューの時にいたんかい！」

気づいていなかったの。

相変わらずお子様ねー櫟。

「本来ならとっくに対決しなければならなかったのに、健気なあの人に免じて引いていたんだけどね。貴方――強すぎるわ。

今回はどうしてもやめるわけにはいかなかったのよ」

互いに空中浮遊をしながら臨戦態勢を整える。

「それに、亭主の仇も討たなきゃだしね。

あの人も情けない――。

あんないいようにやられるなんて――」

「うるせえ！　この裏切り者！」

櫟にとって姉のように慕っていたマネージャーだった。

それなのに、人柱として邪神に食わせようとした。

しかも、闇蓬来だった。

櫟にしてみれば、二重に裏切られた思いだった。

バリバリと磁気嵐が更に吹き荒れる中——。

キリコは、自らの性である〝空〟の能力を用いて空中に穴を穿（うが）った。

「ここから直接、虚無界へ行きなさい！」

一方、高熱にうなされていた真影は再び〝念〟を受信した。

〝行け…神々の許に…い…まこそ…そなたの…〟

〝え？〟

真影には何のことかさっぱり判らなかったが——

突然、眼前に神々とキリコの闘いが映画のスクリーンのように映し出された。

高熱ゆえの幻想かとも思ったが、それは非常に現実感を伴ったものだった。

キリコの創り出した異空間と電磁波が異常な反応を示すのがありありと感じられた。

〝やめろ！
キリコさん、その術は使うな！〞
そう叫んだ瞬間、真影の姿はヴィラからかき消えた。
磁気嵐がスパークして、キリコが創った亜空間に吸い込まれていった。
本来なら創造したキリコには何ら影響を与えない筈だったが、異常な反応を示して
まず、彼女に襲いかかった。
「キャア〜ッ」
キリコの悲鳴が上がった。
被っていた仮面が外れて、崩れた顔面が剥き出しになった。
「仕方ないか。
これも運命ね」
キリコは自らが創り出した亜空間に呑み込まれて行った。
「おい、
行くな！
マネージャーッ」

櫟は、思わずその後を追った。
「危ない！
最高神。
もう間に合いません」
早奈谷が止めたが、櫟もどす黒い空間へ巻き込まれて行った。
「キリコ～ッ！」
近くで妻の闘いぶりを見守っていたのだろう。
〝気〟の闇蓬来が出現した。
そして、妻の後を追い続けて呑み込まれて行った。
〝やめろ～！
二人を連れて行くなーっ！〟
何と闇蓬来の長が空間移動して現れた。
一の部下である〝気〟とその妻を救おうと、自ら異形空間に飛び込んでいった。
それだけではすまなかった。
続けて、夥しい数の闇蓬来一族が出現した。
彼らは、口々に「長！」と叫びながら次々と亜空間に飛び込んでいった。

〝――!!〟
早奈谷は、あまりの成り行きに動転して身動（みじろ）ぎもできなかった。
〝早奈谷、櫟～！〟
〝ま、真影さん、どうやってここに!?〟
突然現れた真影に早奈谷は心底、驚いた。
自分は空間移動の術をかけてはいない。
真影が自力でこの結界内に移動して来たのか？
〝俺にもよく判らないが、火事場のなんとやらかもな。
それより、早く空間の歪みを元に戻すんだ。
早くしろ！
時間がないぞ！〟
〝判りました〟
早奈谷は櫟達を呑み込んだ空間を元に戻そうと術をかけた。
しかし、あまりの事の成り行きに冷静さを欠いた。
術をかけるのに手間取った。
間に合わなかった。

「ああっ！」

早奈谷もまた、どす黒い空間の餌食になってしまった。

「早奈谷！　櫟〜っ！」

真影は、一瞬ためらったが、その巨大化して地を舐めんばかりになった空間に飛び込んでいった——。

時間にすれば、ほんの数分間の出来事だった。

やがて磁気嵐は止み、亜空間は一条の細い筋と化した——。

そこから、僅かに一人だけその筋をこじ開けて戻って来た。

キリコだった。

共に呑み込まれた櫟が必死でかけてくれた、究極の防御術、〝蛇防御（じゃぼうぎょ）〟に守られて、辛うじて亜空間から人界へと戻って来られたのだ。

蛇防御は究極の術ゆえに、一度に一人しかかけることができない。

キリコもそれは判っていた。

（櫟——。

あんたって子は…)
昔からそうだった。
自分より弱い立場の者に、心からの情けをかける子だった。
だからって、敵の裏切り者の私に…。
キリコはひとり、
湖の畔で泣いた。
最高神トリオと闇蓬来一族は、人界からその姿を消した。

そして彼らは――

新たな世界で
新たな物語を
紡いで
ゆくことになる――

第二部

櫟は、闇の中にいた。

無我夢中であの女闇蓬来に蛇防御の術をかけたのは覚えている。

彼女の念は、それからずっと後方に流れて行ったから、あるいは脱出したかもしれない。

しかし、確かなことは判らない。

そして今、櫟は自分の状態を把握するのに必死だった。

暗闇の中で俯せになっている。

宙に浮いてはいない。

櫟は仰向けになった。

しかし、目を見開いていても眼前に拡がるのは全くの闇、闇、闇闇——。

どこだ。

ここは一体、どこなんだ。

生臭い錆びた鉄の臭い。

血——？

俺は、どこか怪我をしているのか？

痛みはさほど感じない。

でも、顔を触るとやたらとヌルヌルする。
どこかにぶつけたのだろうか？
そうだ、早奈谷は——。
それに真影。
甚だ身勝手な考えだったが、榛はあの二人にもここにいて欲しいと望んだ。
二人の名前を思い切り呼ぼうとした時——、
〝ミー、ミー〟
〝ピ、ピキーッ。ピキー。キーキー〟
子猫の鳴き声と金属の擦れる音を足して二で割ったような声？　が聞こえた。
榛の顔面にフワフワとした綿毛状の何かが触れた。
「ワァッ！　ワワッワァーッ!!」
その感触に驚いて、榛は声を限りに叫んだ。
弾みで、その両手から電流が発射された。
「ワァーッ。
何だ!?　何なんだーっ」
榛の発生させた電流の一部は、どうやらさっきの声の主達に当たったらしい。

「キ・キ、ピキーッ!!　キピキーッ!!」

連中は、甲高い悲鳴をあげた。

だが、完全にパニック状態に陥った檪は奇声をあげながら、物凄い勢いで電流を発射し続けた。

〝早奈谷っ。

おい、しっかりしろ〟

完全に気を失っていた早奈谷を、真影は荒っぽく揺り動かした。

〝ま、真影さん。ここはどこですか？

我々は一体――〟

我に返った早奈谷が尋ねた。

いつになく不安げな念を早奈谷は真影に送った。

〝さあ？

どこなんだろうな。

俺にも皆目、見当がつかん〟

真影は意外にも落ち着いていた。

郵 便 は が き

差出有効期間
2020年7月
31日まで
（切手不要）

1 6 0 - 8 7 9 1

141

東京都新宿区新宿1－10－1

(株)文芸社

愛読者カード係 行

ふりがな お名前		明治　大正 昭和　平成　　年生　　歳
ふりがな ご住所	□□□-□□□□	性別 男・女
お電話 番　号	（書籍ご注文の際に必要です）	ご職業
E-mail		

ご購読雑誌(複数可)	ご購読新聞 新聞

最近読んでおもしろかった本や今後、とりあげてほしいテーマをお教えください。

ご自分の研究成果や経験、お考え等を出版してみたいというお気持ちはありますか。

ある　　ない　　内容・テーマ（　　　　　　　　　　　）

現在完成した作品をお持ちですか。

ある　　ない　　ジャンル・原稿量（　　　　　　　　　　　）

書　名			
お買上 書　店	都道 府県　　　　市区 郡	書店名	書店
		ご購入日	年　　月　　日

本書をどこでお知りになりましたか?

1.書店店頭　2.知人にすすめられて　3.インターネット(サイト名　　　　)

4.DMハガキ　5.広告、記事を見て(新聞、雑誌名　　　　)

上の質問に関連して、ご購入の決め手となったのは?

1.タイトル　2.著者　3.内容　4.カバーデザイン　5.帯

その他ご自由にお書きください。

(　　　　)

本書についてのご意見、ご感想をお聞かせください。

①内容について

②カバー、タイトル、帯について

弊社Webサイトからもご意見、ご感想をお寄せいただけます。

ご協力ありがとうございました。

※お寄せいただいたご意見、ご感想は新聞広告等で匿名にて使わせていただくことがあります。

※お客様の個人情報は、小社からの連絡のみに使用します。社外に提供することは一切ありません。

体調はいつもの調子に戻っていた。
そして、この空気――。
この居心地に何故か妙な懐かしさを覚えていた。
〝とにかく、今は楾を捜さなければ。
全く、キリコさんの危機は見過ごせなかったんだな〟
〝あの方は、目の前にいる者の危機を見過ごせる人ではありません〟
〝判ってるよ。
あいつらしいって思ったのさ。そうだ、早奈谷、明かりはつけられるか⁉〟
〝判りました〟
暗闇の中で早奈谷は術をかけようとした。
だが、すぐに絶望的な念を発した。
〝駄目です。
明かりがつかない。
こ、ここは人界ではありません。
術がかけられない！〟
〝何だって！〟

事態は二人が想定していたより、ずっと深刻だった。
すぐに明かりがつけられるという目論見が外れて、早奈谷は激しく動揺した。
〝ここは、一体どこなのか⁉
ああ、判らない。私には、さっぱり判らない〟
早奈谷の動揺が真影に直に伝わって来た。
〝落ち着け！
早奈谷。
お前達、意外と打たれ弱いな。
特に術や技がかけられないと判るとな——〟
真影は、櫟がやくざに殴り込みをかけた時のことを思い出した。

肩を撃たれた櫟が激しく動揺して、
『畜生！
痛くて集中できない。
術が出て来ない！』

そう叫んでいた時と今の早奈谷はそっくりだった。

（それにしても、俺は――）

いつもなら真っ先に恐怖におののくはずなのに、妙に落ち着いているのが自分でも不気味だった。


その時、雷鳴が轟いた。

異様な金属音と悲鳴が交錯して聞こえて来た。

稲光が前方から垣間見えた。

〝櫟か？〟

真影が念を送っても反応しなかった。

よほど、精神が恐慌状態に陥っているのか。

真影は、早奈谷を促して共に櫟の許へ辿り着いた。

櫟が手から発する稲光で、途切れ途切れではあったが、状況を把握できた。

櫟の体には何か得体の知れない半透明の物質がまとわりついていた。

〝やめろーっ！

さわるな！

気持ち悪い――！〟
檪の恐怖が念を通して、真影の脳裏に響いて来た。
〝檪、落ち着け！〟
真影は檪の肩を抱いた。
〝ワァーッ！
ワッワッ！　ワァーッ！〟
暗闇の世界に対する恐怖があまりにも凄かったのだろう。
檪のパニック状態は容易には収まらなかった。
真影は、思い切り檪の頬を叩いた。
〝檪！　俺だ！
真影だ！　判るか？　早奈谷も側にいるぞ！〟
〝アアッ！　アアッ！　アーッ！〟
檪は、夢中になってすがりついて来た。
(全く――。
いつもと逆だな)
〝ミー、ミー〟

半透明のプヨプヨとした生命体が、今度は真影にまとわりついて来た。
(お前ら…)
驚いたことに、
真影はその生命体を——
知っていた。
真影は、生命体の一つを取り上げ両手で掲げ持ち、額に押しつけた。
そして、まるで溢れたインクを吸収する吸い取り紙のごとく、
真影はこの世界の知識と理を得た。
ほんの僅かな時間であった。
〝うろたえるな！　神々よ！〟
真影は、厳と言い放った。
〝この地は、
音瀬（おんぜ）なり！
バハラードの、
別界（べっかい）の一つである。
全ては、音による振動で成り立つ世界！〟

〝真影さん〟
〝オッサン〟
いつもとは、立場が全く逆転していた。
〝今、光を創る！〟
真影は、神々とは全く異なる所作で、
〝光（こう）！〟
と一言、唱えた。
ボウッという音がたち、その手から松明のような眩（まばゆ）い光が放たれた。
神々は、呆然として光に照らし出された周囲を見渡した。
そこは、かなり広めな洞窟だった。
〝早奈谷、覚えているか？
四年振りに会った時にお前に見せた洞窟の絵を〟
〝ああ、確かにこんな洞窟でした〟
〝何だよ、何の話をしているんだよ？〟
櫟には何のことかさっぱり判らなかった。
真影は厳かに告げた。

〝そなた達と出会い、行動を共にするようになったのは偶然ではなかった。おそらくは、この音瀬（おんぜ）へと導くためだったのだ〟

真影は、両手を合わせ、僅かに瞑想して、
宣言した。

〝ここは…

俺の世界だ〟


音瀬界とは、本来形を持たない世界だと真影は説明した。

自分は人界ではただの人に過ぎなかったが、
遠い昔——当時の今上最高神によってこの音瀬で生を受け、この世界の知識と理をして記憶を植えつけられた者だと。

空世を介して人界に転生したが、自身の根源はこの世界にあるのだと彼は語った。

「そんなことが——あり得るのですか？」

早奈谷は、信じられないという面持ちで真影や周囲を見渡した。

三人は、洞窟を出て真影が創り出した空間に座って話し合っていた。

まさに、何もない——。

全体的にモノクロームというより、灰色を基調にした白黒テレビのような色のない世界。

真影はそこに八畳ほどの部屋状の空間を造り、簡易なテーブルと三人分の椅子を設えた。

二人に座るように促す。

「すまんな、俺もまだ慣れていないから、ここを形作るだけで精一杯なんだ。暫くは我慢して欲しい」

その言葉に早奈谷は顔色を変えた。

「貴方は、この世界そのものを構築なさっているのですか」

「お前さんの術に似ているかもしれないが、この世界の音の振動を基調に、俺の発する気と融合して物体や自然が創造されるみたいだ。詳しいところは、俺にも判らないのだが」

早奈谷は、愕然とした。

目の前にいる彼は愛すべき先輩で、人界での唯一の協力者であった。

しかし、ごく普通の人だった。今までも——そしてこれからも、そうである筈だったのに…。

「それからこの連中は、音瀬界唯一の生命体だ。

名前は――そうだな、〝音瀬の民〟とでもつけようか。

よろしくな」

真影は、自分の傍らにいた半透明の生命体を神々に紹介した。

彼らが先刻櫟にまとわりついていたのは、突然の侵入者に様子見にやって来て、傷ついた櫟の身を案じてその傷を癒そうとその体を押しつけた。

しかし、その好意から出た行動は、櫟をパニックに陥れてしまった。

彼は、音瀬の民に思い切り雷攻撃をかけてしまった。

音瀬の民は、櫟に敵意を抱いてしまったのだった。

「初めまして。

私は早奈谷高樹と申します」

早奈谷は、半透明の不定形な生命体に深々と頭を垂れた。

〝ミー。ミー〟

〝ミミッ。

ミー。ミー〟

生命体は、いきなり無数に分裂すると早奈谷に甘えるようにすり寄った。

「どうやら、お前は気に入られたみたいだな」

真影は安堵した。

だが、問題は椋だった。

まだ環境の激変を受け入れかねている椋は、民に挨拶もせずにおどおどと周囲を見回すばかりだった。

「お前、さっき彼らに雷攻撃をしただろう？　せっかく、顔の傷を治してもらったのに。まず、謝らなければ駄目だぞ」

真影がそう促しても、椋はただ呆然としているだけだった。

それが、音瀬の民の怒りを倍加させた。

真影には、民の怒りと敵意がありありと見てとれた。

（仕方ないな。まあ、そのうちに馴染むだろう）

元々、誤解されやすい奴だから、いずれ時を経れば彼らとも仲よくなれるだろうと思った。

音瀬の民は、正確にいえば二種類に分類された。

独立した個性を持つ民が一人いた。

あとは、無数に分裂したり一つの巨大な塊になったりする者達。

真影は、一つの個性を持つ者を音瀬の長と名付けた。

実際に長は、もう一つの巨大な集合体である民を治める立場にあるらしかった。

「さあ、これから忙しくなるぞ！」

真影は、ポキポキと指を鳴らして気合いを入れた。


それから数日間の真影の八面六臂の活躍は、早奈谷が神として始動した時を遥かに凌ぐものだった。

真影は、自らが発する気と音瀬界の振動を掛け合わせて、可動空間を拡げた。

そして、二人には内密にして闇蓬来のための居住空間も創造して与えた。

いわゆる武士の情けだった。

彼らは、優れた一族だから生きる空間さえ提供すれば、自力でこの世界でも生息可能だろうと踏んだのだ。

次々と新たな能力を開眼した彼は、あらゆる自然・物体をも創造した。

最初は白黒テレビ状態でしかなかった色彩も、徐々に淡い色合いが生じて来た。

真影は、洞窟近くの空間に三人が住むモダンな館を創造した。

「空転車（くうてんしゃ）！」

彼自身は音瀬界においても、飛翔の術が使えなかった。

だが、その代わりに空転車と名付けた空中を飛ぶオートバイを創造して乗りこなした。

高所恐怖症ももはやどこ吹く風で、実に快適そうだ。

二人の神は、真影の変貌ぶりにただ驚くばかりだった。

そして、ここで一つの問題が生じた。


櫟は、この世界でも洞窟で雷を発生させたように自らの術を駆使できた。

だが、早奈谷はあたかも真影と入れ替わったごとく、あれほど優れた能力が全く使えなくなってしまったのである。

まるで人界における真影と同じ立場になってしまったのだった。

かろうじて〝念〟だけは人界と同じように使えるのが唯一の救いだった。

実は、既に人界においてもその兆候はあった。

ここ暫くの間、早奈谷は平静を装っていたが、明らかに体調が思わしくないのは二人にも判っていた。

しかし、本人が何も言わないので心配ではあったが二人とも問い質すことができなかったのだ。

この音瀬に飛ばされたのが、早奈谷の不調に更に拍車をかけて、あらゆる能力を奪ってしまったのかもしれない。

「まあ、いくら考えても仕方がない。

この世界に順応していけば、いずれ力も戻ってくるさ。

今まで散々世話になったんだ。

今度は、俺達に面倒をみさせてくれ」

「申し訳…ありません」

早奈谷は、心底自らの不甲斐なさを噛みしめながらうなだれた。

「…」

櫟は、そんな早奈谷を痛ましげに見つめていた。

※筆者より──第二部を開始するにあたり、これからは三人の呼称をカタカナ表記とすることをお許し願いたい。

音瀬界には、人界とは全く異なる理論（セオリー）があった。

その最たるものが、エナジーを得る手段だった。

一種の等価交換とでもいうのだろうか。

音瀬では、この世界の意に叶った行動を起こすことが即ち、体力回復と生命維持に繋がるのである。

この世界の波長に合わせて、この世界を開発・貢献することで直接的に生命維持が約束されるのである。

マカゲは自らの音瀬開発に一区切りをつけると、二人にこの地を開墾するように命じた。

自らも彼らと共に鍬（くわ）を振り下ろす。

そうやって三人は、この世界での生命を維持していったのだ。

人界での衣服はすぐに擦り切れてきたので、
マカゲは古来の神界の衣装――ローブに似た衣服を創造して神々に与えた。

暫くは、闇蓬来からの接触もなく――彼らもマカゲが創造した空間で順応するのに時間を要したのだろう――三人はひたすら音瀬界の構築に勤しんでいた。

いや、正確にいえば二人だった。マカゲとクヌギは懸命に働いていたが、サナヤはまるで気の抜けた風船のようになっていた。

三人で音瀬の地を開墾していても、始終その手を休めてぼんやりとしているのだ。

「サナヤは、まるで全てに隠居したお婆さんみたいになってるな」

「いや、そういうお婆さんの方がよほど生き生きしているよ」

今も手を休めて座りこんでいる。

音瀬の民は、そんなサナヤを取り囲んでミーミー言っている。

サナヤは、そんな彼らをまるですがるように抱きしめていた。

「地元民に愛されるサナヤ君か」

たまたまはぐれて、二人の側に漂って来た民がいた。

クヌギが微笑んで手を差し伸べたが、民はその顎に思い切り蹴りを入れて立ち去った。

「イッテェー」

「お前は、相変わらず嫌われているな」

マカゲは苦笑した。

「まあ、仕方ないさ。最初が最初だったからな」

クヌギは怒りもせず、鍬を振り下ろした。

「お前、随分丸くなったな。

人界にいた時よりも」

「そうか？

俺はそんなにギスギスしていたか？」

「人界では休む間もなく戦っていたからな。

戦わなくなったせいか、余裕が出来たせいじゃないか？

元々、お前は穏やかな奴なんだ」

「そうかな」

音瀬界に飛ばされて、この季節も暦もない世界でどれほどの時が経ったか想像もつかない。

だが、人界で戦い続けた自分と音瀬の自分とでは明らかに変わったと、クヌギ自身も思うのだった。

その日もマカゲはいつもの通りに音瀬での一日を過ごし、そして終わる筈だった。

だが――。

「あー。

今日のノルマ終わり。
おーい、サナヤ、お前ももう少し働いてくれよ。
お前の分までエナジーを確保するのは大変なんだからよ」
「――すいません」
サナヤは弱々しく詫びた。
クヌギはそれ以上は責めず、いつものように自室へと足を向けた。
マカゲも休むために自室へ向かおうとした。
その時――
何かがマカゲの内部に降り立った。
とてつもないどす黒い何かが――。
マカゲは雄叫びに似た悲鳴をあげて、その場に崩れ落ちた。
「どうした？
オッサン！」
クヌギが慌てて駆け寄った。
だが、マカゲはその手を邪険に払いのけ、
「眠（みん）！」

と一言、唱えた。

クヌギとサナヤはその場に昏倒した。

屋敷に二人を残したまま、マカゲは洞窟に向かった。

あの夢の中に何度も出てきた洞窟に。

まるで蜜に吸い寄せられる虫のように、マカゲは洞窟の奥にある岩戸へと歩を進めた。

ひんやりとした淀んだ空気。

かび臭い湿った暗闇の中で、マカゲは夢の中で初老の自分そっくりな男が貼っていた白い紙。

——否、白い札を見いだした。

ドクン、ドクン。

この札は生きている。

この岩戸に貼られた白い札は——。

これは——。

マカゲは、かつて観た夢の内容を改めて明瞭に思い出した。

自分に似た初老の男が何事かを詠じながら、この白札を作った——。

そして、共に洞窟にいた二人――。一人はサナヤだった。

そしてもう一人は――。

クヌギ―。

紛れもなくクヌギだった。

何度も夢で出会っていたが、クヌギとは当時インタビューで一度会ったきりだったので印象が薄くて思い出せなかったのだ。

だが、今この音瀬の岩戸に立ってマカゲは全てを思い出した。

そして、悟った。

最初に音瀬界に入り込んだとき、マカゲは二人にこう語った。

『そなた達と出会い、行動を共にするようになったのは…偶然ではなかった。全てはこの音瀬へと導くため―』

確かに二人にそう告げた。

しかし、あの時マカゲは一種の入神（トランス）状態になっていた。

自分で語った言葉の真の意味を理解していなかった。

だが、今――はっきりと理解した。

偶然ではなかった。

サナヤが大学の後輩として彼の目の前に現れた時から、運命の歯車は回っていたのだ。
あの夢に出てきた初老の男によって、全ては工作されていたのだ。
マカゲは、自らの出生の秘密を全て――
知った。
それは、文字通り地獄の底に引きずりこまれるものだった。
絶望、としか言いようがなかった。
何故、俺なのだ？　何故？
ババラードにおいて、自分のごとき存在があり得るのか⁉
こんな宿命を知るために、音瀬界へと飛ばされたのか？
キリコの〝空〟の術の誤作動は、きっかけに過ぎなかった。
おそらく、音瀬へと人界神と闇蓬来を引き入れたのは自分だ。
俺がいたから――。
彼らは、この世界に入り込んだのだ。
白札を創造した男の思惑通りに――。
そして、俺は――。

マカゲの心の動揺に呼応するかのごとく、常に曇天で朝晩の区別しかない筈の世界に、凄まじい雷鳴が鳴り響いた。

マカゲの脳裏に屋敷の広間で横たわって眠る二人の神の姿が映像で浮かんだ。

その美しい横顔――。

マカゲは、二人を八つ裂きにしてやりたかった。

無抵抗な今ならそれも可能だ。

この二人に出会いさえしなければ、自分は何も知らずに人界での人生を送り、空世への道があると信じて、何の怖れもなく、〝死ねた〟だろうに。

俺は、とんでもないお人好しだった。

純粋にこの二人の行く末に同情して、ずっと行動を共にしてきてしまった。

こんな宿命が待っていると知っていたら、ついて行くわけがなかった。

俺は、
俺は――捨て石に過ぎなかった。

何のためにここにいる?

何をするために。

マカゲは慟哭した。

自分のために泣いた。
自分の憐れさを悼んだ。
岩戸の前でのたうち回り、泣きわめいた。
一夜が過ぎ去った。
マカゲはいつの間にか寝入っていた。
そして、一晩泣きわめいたせいか妙にすっきりとしてしまった。
憑き物が落ちたみたいに思えた。
人界で神々の宿命を知った時の悲しみは本心だった。
その理不尽な行く末に心から同情してついて行こうと決めた。
他の誰にも強制されたわけではない——自分の意志だった。

(支えてやろう。
最後まで——)

どのような形で終わるにしても、それが自分の運命であり行くべき道なのだろう。

示された道を突き進むことがバハラード全体の安寧へと繋がるなら、自分が存在した意味も確かにそこにある、のだろうから。

そしてマカゲは――

神々を目覚めさせた。


二人は、まるで何事もなかったようにいつもの朝を迎えた。


闇蓬来から、マカゲ達の許に念が送信されて来たのはそれから数日後のことだった。

マカゲは、即座に大型スクリーン式の映像機械を屋敷の広間に創造した。

そこには、闇蓬来の長と一の部下である〝気〟の姿が映しだされた。

彼らはもはや、醜く歪んだ容貌を覆い隠そうとはしなかった。

〝久し振りだな。

元気にしていたかい？

俺達は俺達で大変だったんでな。

あんた達がどうしているか気にはなっていたんだが――。

まあ、元気で何よりだ〟

マカゲは、穏やかな念で彼らに応えた。

彼らもマカゲが秘かに提供した空間内で、この音瀬界の理に順応するのにかなりの時間を要したのだった。

長は、マカゲの配慮を薄々感じていた様子だが、あえてそれを無視する態度を取っていた。

それは、おそらく神々にマカゲの行為を誤解させないための長なりの気遣いであったのだろう。

それはともかく――

〝気〟の闇蓬来は、異様なほど激昂していた。

〝貴様ら――っ！

キリコはどうした？

キリコを返せ――っ！〟

〝え？　キリコ？

って人界で戦った女闇蓬来か。

キリコさんがどうかしたのか？〟

マカゲはあえてキリコを知らないふうに装った。

〝とぼけるな！　貴様らキリコを人質に取ったのだろう！〟

〝え？　何のことだよ？〟

マカゲが問いかけても、興奮状態の〝気〟はそれを無視して、まくし立てた。

〝キリコは――キリコは、我ら一族の中で最高神一味と戦い続ける唯一の女。他の女達は、全て休眠状態にある。

理由は、この姿を見れば判るだろう！

この姿で女が生きるのは惨すぎる――。

だが、キリコはそのずば抜けた能力ゆえに、健気にも男達と共に戦ってきたのだ！

それを貴様らは――〟

（そうか、それで――）

あの闇蓬来達は長を慕う気持ちも無論あったが、あそこまで目の色を変えて突入していったのは、唯一の女を追って行ったというわけか。

（わ、判りやすい方々）

内心、あららと思ったがおくびにも出さず、マカゲは神々に確かめるために問い質した。

「サナヤ、クヌギ。キリコさんの行方を知っているか？」

サナヤはすぐに頭（かぶり）を振った。

クヌギは蛇防御をかけた後の結果が判らなかったので、内心まずいと思いながらも否定した。

〝見ての通りだ。

こちらには、俺達と地元民しかいないよ。

先住民の音瀬の長と民だ〟

マカゲが紹介すると、音瀬の長と民は一塊の人形（ひとがた）になって体を折り曲げた。

挨拶をしているつもりらしい。

映像では、〝気〟の赤裸々な敵意も伝わっていないらしい。

無邪気なものだ。

〝嘘だ！　嘘っぱちだ！

もし、キリコが無事ならすぐに我らと合流する筈だ。

それがないのは貴様らが拉致しているからだ〟

〝気〟の闇蓬来は半狂乱だった。
〝そう言われても――。
いないものはいないと言うしかない。
あの偶発的な事故で彼女だけ、他の場所に飛ばされたのかもしれないし――〟
マカゲがそう言うと、長が話に入って来た。
〝彼女の件はさておき――核のご加護もあるし、
あの女（ひと）は強い。
何らかの事情で我らと合流できないのだろう。
そなた達が知らないと言うのも事実であろう〟
〝長、そんな～っ！〟
〝気〟は不満げな念を発した。
しかし、長は構わずに続けた。
〝我らもようやく、この世界で生きる基盤を築き上げた。
そろそろ戦いを再開すべきではないか？〟
〝やれやれ、ここまで来てまだまだ戦う気なのかい？〟
マカゲは呆れた。

〝我らとそなた達の間に他に何があるというのだ〟
〝おう！
上等じゃないか。
音瀬でも俺達は負けないぞ！〟
クヌギも挑戦に応じた。
〝ったく！
ここでもまた喧嘩かよ〟
サナヤの状態が最悪だというのに——。
だが、この時を境に彼らの音瀬での戦いの火蓋は切って落とされたのだった。

それから、更に数日が過ぎた。
その日、クヌギは〝気〟と一騎討ちをした。
結果はクヌギの圧勝だったが、勿論〝気〟は滅びはしない。
クヌギは、屋敷に戻ってマカゲに愚痴った。
「ったく、〝気〟の野郎。
二言目にはキリコ、キリコと煩いんだよ。

そんなに大事な女房なら、他の女達と同じように休眠させておけば良かったんだ」

「まあ、そう言うなよ。彼が必死なのは判るよ。俺達が行方を知っているなら知らせてもやれるのだが――」

闘いが終われば、またエナジーを得るための労働――。

その繰り返しにクヌギは苛立っていた。

サナヤは殆ど自室に引きこもり、鍬を握ることさえしなくなった。

マカゲと二人で無言のまま、音瀬の地を開墾して行く。

闇蓬来との戦いが加わったとはいえ、その単調な日常にクヌギは非常な焦燥感を覚えていた。

そして同時に、マカゲに対する疑惑も彼の中で芽生えていた。

開墾中にクヌギは鍬を持つ手を休めて、マカゲを見つめた。

「マカゲさん」

「おうっ。何だ？」

「…前から聞きたかったことがある。

俺とサナヤは人界神だ。

体は生身だが、神として降臨してからは年を取らない。

俺達は、神界に戻り混沌にならない限りはずっとこの年齢のままだ」

「…」

「俺は二十歳（はたち）でサナヤは二十八歳だ。

音瀬へ来てからどれほどの時が流れたかは判らない。

この世界は、人界とは異なる時間経過になっているかもしれないから、ここでの時間を差し引いたとしても――」

クヌギの顔つきが険しくなった。

「あまりにも立て続けに戦ってきたから、人界では考える暇もなかった。

俺自身が年を取らないせいもあって気にもしていなかった。

だけど、俺達は人界で十五年は戦っていたよな。

本当ならマカゲさんは五十歳近い筈なのに…」

クヌギは、疑わしげな眼差しをマカゲに向けた。

「あんたも全く年を取っていない！

出会った頃そのままだ。

…神ではないあんたまで何故年を取らないんだ⁉」

「…」

マカゲは、クヌギから背を向けた。

「今更、こんなことを訊くなんて自分でも間抜けだと思うよ。それに責めてるわけじゃない。

あんたは、音瀬では勿論、人界でも本当によくやってくれた。

感謝している。

ただ、俺は知りたいんだ。

あんたの身の上を」

マカゲは返事をしなかった。

「頼む、マカゲさん。

俺はこれからもずっとあんたとうまくやっていきたいんだよ。

だからこそ、はっきりとさせておきたいんだ。

マカゲさん！

答えてくれ！」

マカゲは、ゆっくりと振り向いた。

そして、一言

「封！」

と唱えた。
クヌギは、その場に倒れた。
（許してくれ。
今、俺の正体をお前達に明かすわけにはいかない。
悪いが結界を張らせてもらうぞ。
もう二度とそうした質問をしないようにな。
すまない）
マカゲは、そのまま立ち去った。

やがて、クヌギは自然に目覚めた。
（俺、開墾してたのに何で寝てたんだろう？
チッ！　思い出せないや。

オッサンもどこへ行ったんだろう？
時々、フラッといなくなるんだよな。
困ったもんだ）
クヌギはマカゲを問い詰めていたことすら忘れていた。
そして、クヌギは二度とマカゲに対して立ち入った問い掛けはしなくなった。

それから、三日後——。

その日、マカゲは早朝から闇蓬来の動きを偵察に行くと言いおいて、アジトである屋敷を出て行った。

小競り合いはあったが、音瀬へ来てからまだ本格的な戦闘はなかった。

しかし、ここのところ音瀬の大気の流れが異様にざわめくのをマカゲは察知していた。

おそらく、彼らは一両日中には決戦を挑んで来る——。

マカゲはそう予測を立てた。

マカゲは空転車に結界を張り、彼らの本拠地に赴いてその動向を探るつもりでいた。

クヌギは、マカゲに結界を張られてから必要以上に彼と接触しなくなった。

そして、段々とサナヤのように暗くなって行った。

サナヤは、また一段と調子を落とし、起きているのがやっとの状態だった。

神々の様子が最悪の状態なのは判っていた。

だが、今はとにかく闇蓬来の動向を探らなければと、マカゲは二人に心を残しつつも敵地へと向かって行った。

闇蓬来の本拠地――。

その広間の片隅で、長と〝気〟が言い争っていた。

〝気〟の傍らには彼の直属の部下〝縛〟が控えていた。

総攻撃を掛けようと主張する〝気〟に対して、長は首を縦に振らなかった。

「何故、反対なさるのですか？

貴方様は、キリコの身を案じてはくださらないのですか？」

〝気〟は険悪な表情で長に詰め寄った。

「あの三人が嘘をついているとは思えん。

それに、この世界の先住民である音瀬の民達を我らの争いに巻き込むわけにはいかぬ」

理由を聞いて、〝気〟は歪んだ顔を更に歪ませて長を睨んだ。

「…今の貴方様にそんな綺麗事を仰る資格がおありですか？」

「…」

「私は、存じ上げております。

貴方様の所業を…」

長は無言で一の部下を睨み返した。

「私は、妻を我が手に取り戻したいだけであります。

離れ離れになって、痛いほどに判りました。

キリコが私にとってどれほど大きな存在であったかを。

側にいれば互いに争ったこともありました。

ですが、妻のいない日々は私には耐え難い地獄そのものであります。

何とぞ、どうか何とぞ、総攻撃の命令をお出しください」

「しかし…」

尚、ためらう長に業を煮やした〝気〟は、〝縛〟に目配せをした。

〝気〟を第一の長として忠節を尽くす〝縛〟は、その両手から蜘蛛の糸状の縄を長に向かって発した。

忽ち、長は全身を繭のように包まれ、全く身動きが取れなくなってしまった。

「何の真似だ、〝気〟よ！」
「暫しのご辛抱を――」
〝気〟は囚われの身になった長に深々と礼をした。
〝気〟は闇蓬来一族を集めて宣言した。
「長は師に呼ばれて暫し留守にされる。
よって今は我が全ての指揮をとるものである。長のお許しも出た。
皆の者、最高神とその一味を殲滅に参るぞ！」
闇蓬来においても、上位の者の命令は絶対である。
一族は鬨（とき）の声を上げた。
（えらいことになった――）
様子を窺っていたマカゲは慌てて空転車をアジトに向けて走らせた――。
音瀬界へ来てから、どれほどの時が過ぎ去ったのだろう。
おそらく、人界よりも遥かに時の流れが遅いと思われる――。
クヌギは、耐え難い状況の中にいた。

人界では、神としての卓抜した能力を除いても自分がいかに恵まれた環境にいたかを否応なしに思い知らされた。


音瀬では——クヌギの若さも美貌も何の意味もなかった。

音瀬の民は、一定の形を保っていない。

従って美醜の概念がない。

何よりも民にとって重要なのは相手の心根の優しさであり、温かさなのだ。

クヌギは最初の時点でつまずいてしまった。

だが、それはもう仕方がない。

それよりクヌギは音瀬へ来てからも尚、変わらないサナヤへの思いをどうしても本人に伝えたいと願うようになっていた。

マカゲが、闇蓬来の動向を探りに行った今、久々にクヌギはサナヤと二人になった。

クヌギは、部屋に閉じこもりきりのサナヤを中庭に呼び出した。

明らかに不調なサナヤの様子を気遣いながらも、クヌギは自らの思いを告げずにはいられなかった。

自分から顔を背けているサナヤに、クヌギは苦しげに声をかけた。

「サナヤ、俺はどうしても—どうしても諦められない。
何度も思い切ろうとした。
でも——駄目だった」

クヌギは、サナヤの正面に立った。

「どうして顔を背けるんだ。
この頃は特にそうだ——」
クヌギは、必死にサナヤにすがりついた。
「一度でいい。
一度でいいから抱き締めて欲しい。
それだけでいい——。
それを支えに生きていくから」
サナヤは、苦しげに顔を背けたままだった。
「判るんだ。
判るんだよ。

本当はサナヤも俺を思っていてくれる。
理屈じゃない。
体が、気持ちが感じるんだ。
だから——判らない。
何故、俺をそこまで避けるのか判らないんだ。
今まで散々我が儘ばかり言ってきたから怒っているのか？
だったら謝るから。
気に入らないところがあるなら直すよ。
だから、だから…」
こんな世界に追いやられたからすがっているのではなかった。
今までの不毛な戦いの中で、救いのない日々に業を煮やしているわけでもなかった。
ただ、サナヤが愛しかった。
自分の思いを伝えたかった。
どんな形でも構わないから応えて欲しかった。
「どうして、どうして何も言ってくれないんだ。
どんな返事でもいいんだ。

嫌なら嫌だとはっきり言って欲しいんだ」
ここで何も答えてもらわなければ、自分は生ける屍になってしまう――クヌギは、
そう思った。
「最高神…。
我々は、たとえどのような世界にあっても、神なのです。
それを忘れてはなりません。
主神と従神の間柄でそのような思いを交わすのは、固く禁じられております。
もし、破れば――どれほどの罰が下されるかを、どうかお考えになってください」
「どんな罰を受けても構わない。
それで滅ぶならそれでいい！
俺は――」
だが、すがったその手は払いのけられた。
サナヤはクヌギから離れていった。
（どうして、受け入れてくれない――。
どうして――）
クヌギはその場に突っ伏した。

立ち直れない。

体から力が抜けてゆくのが判る——。

もう、何も見えない。

聞こえない。

感じない…。

たとえ何かを感じたとしても、もうそれは——

自分ではない。

クヌギは目を見開いたまま、
闇に堕ちて行った。

「おい、クヌギ。

どうした？

しっかりしろ！」

偵察を終えて戻って来たマカゲは、中庭に倒れているクヌギを発見した。

慌てて抱き起こしたが、クヌギは何も答えず焦点の定まらない視線を遥か彼方に投げ掛けているだけだった。

「おい、サナヤ。クヌギが大変だ」

マカゲは、クヌギを屋敷の寝室に連れて行き、ベッドに寝かせると、サナヤを呼んだ。

「最高神…」

サナヤは苦しげにそうクヌギを呼んだ。

「おい、こんな時にその呼び方はやめろ」

マカゲはたしなめたが、サナヤは呆然としていた。

現実離れした面持ち——というより必死で苦痛に耐えている、という表情でクヌギを見つめていた。

今の彼は、クヌギに癒しの術をかけることさえできないのだった。

「全く、どうしちまったんだよ。お前達——」

マカゲが偵察に行った僅かな間に神々は、重篤な状態に陥ってしまった。

ベッドに横たわるクヌギは、目は開いていたが、辛うじてその姿勢を保っているという衰弱振りだ。

音瀬の民達に問い質しても、さっぱり要領を得ない。

民達は、二人に何が起きたか判らない様子だった。

「サナヤ、一体何があったんだ？

闇蓬来の奴ら、間もなく一斉攻撃を仕掛けて来るぞ。

今までの小競り合いとは訳が違う。

一気に決着をつける気だ。

そんな時にお前達がこんな状態では――音瀬の民を守ることもできない。

勿論、俺達自身も、だ」

「申し訳…ありません」

蚊の鳴くような声でサナヤは詫びた。

「まずいぞ。

これはとんでもなくまずい状況だ――」

この世界でマカゲは、人界におけるサナヤを遥かに凌ぐ働きをしてきた。

しかし、サナヤと同じで攻撃力は持ち合わせていなかった。

闇蓬来が襲って来たら、今は戦う術がない。

「クヌギ〜。

本当にどうしちまったんだよ。お前が戦ってくれなければ、俺達はどうすることもできないんだぞ」

だが、クヌギは全くの無反応だった。

〝ピキーッ。
ピキキーッ！〟
無数に分裂をして、三人を取り囲んでいた音瀬の民が一斉に警戒音を発した。
（とうとうやって来たか！）
マカゲの内部にも受け入れ難い邪念が迫って来た。
闇蓬来が一斉攻撃を仕掛けて来る——。
マカゲは心ここにあらずのサナヤに声をかけた。

「俺は—腹を決めた。
クヌギを守ってやれ。
お前と音瀬の民は—俺が守る！」
サナヤの瞳に僅かながらも生気が戻った。
「先輩…」
「久し振りだな。そう呼ばれるのは。
あばよ」
マカゲは、二階のバルコニーに出た。

「空転車！」

マカゲがそう叫ぶと、空中に馴染みのオートバイが出現した。

マカゲは床を蹴り、五、六メートル飛翔すると空中に浮かぶバイクに乗り込んだ。

その目に闇蓬来の一団が否応なしに飛び込んで来た。

「おいでなすったか！

この地で滅びるのも定めだろう。

故郷で朽ちるなら本望だぜ」

マカゲは、自分でも驚くほど清々しい気持ちで闇蓬来の一団を見つめた。

これといった攻撃力を持たない自分が、彼らに勝てるわけがない。

だが、ほんの少しでも足止めができれば――神々と音瀬の民がここを脱出する時間を少しでも稼げればと、マカゲはそれだけを願っていた。

（色々あったが、面白かったぜ。

今度こそ、あばよ！

皆な！）

マカゲは、闇蓬来の一団に向かって全力でバイクのエンジンをふかした。

空転車は、まさにマカゲの〝念〟だった。

がむしゃらに突進しようとしたマカゲの背後に凄まじい念波動が発露した。

その〝念〟は、彼を仕留めようとした闇蓬来の黒い波動を一瞬で飛散させた。

マカゲは、驚いて振り向いた。

「クヌギ！」

たった今まで、身動ぎもせずにベッドに横たわっていた若者が、マカゲの斜め背後の空中に浮遊していた。

左腕を捻るように突き出した姿で——。

元々、クヌギの真の利き腕は左だった。

左手は、クヌギの秘めた能力を最大限に発動させる。

最高神が最初から左で攻撃する姿をマカゲは初めて見た。

（クヌギ…。

お前——）

そして、更に彼を驚かせたのはクヌギの表情だった。

クヌギの顔つきはベッドに横たわっていた時と寸分も変わっていなかった。

木偶（でく）人形のように無表情だった。

いつも憎まれ口を叩きながら、生き生きと戦っていた最高神とは別人だった。

クヌギは、虚ろな目をマカゲに向けた。

差し出した左腕に右手を軽く添えて呪文を唱える。

「蛇防御！」

あの女闇蓬来のキリコにもかけた究極の防御術だ。

一瞬で蛇の精が具現化して、仄かに白いベールに変化した。

ベールは、マカゲの体を優しく包むと、青色に変色して彼の体はシールドに守られた。

この術をかけられた者は、自身が攻撃できなくなるが、その代わりに全ての攻撃から守られる。

天変地異からさえも。

究極の防御術――。

マカゲには、この術を自分にかけた時、一瞬だけクヌギが微笑みかけたかに見えた。

しかし、それからクヌギの闇蓬来に対する攻撃は峻烈を極めた。

マカゲに蛇防御をかけた後、クヌギは遥か上空へと飛んだ。

両手を合わせて呪文を詠じる。

闇蓬来が徒党を組んで、クヌギに一斉攻撃を仕掛けようとする直前にクヌギの術が発動した。

雷（らい）と水（すい）の性（しょう）を組み合わせたクヌギ最大の術が音瀬の空間に放たれた。

〝音来光空転滅（おんらいこうくうてんめつ）!!〟

おそらくは、一定の空間全てに発動する術だ。

目を射抜かんばかりの閃光が、闇蓬来の一団を切り刻んでゆく。

闇蓬来は、今までにないダメージをクヌギによって与えられた。

耐えきれずに多くの闇蓬来達は墜落していった。

周辺には、ブスブスと獣肉の焼け焦げる臭いが充満した。

クヌギは、闇蓬来の攻撃から守るためにマカゲに蛇防御をかけたのではなかった。

自らのこの究極の術から彼を守るためにこそ、蛇防御をかけたのである。


クヌギはゆっくりと降りて来た。

まだ宙に浮いたまま、独り言のような〝念〟をマカゲは聞き取った。

〝所詮は…一時凌ぎだ。

奴らは不死身だ。

すぐに復活してしまう〟

クヌギは、マカゲに念を送って来た。

〝マカゲさん、頼む。

サナヤと音瀬の民を屋敷から出して匿ってくれ。

あの洞窟にでも――。

こんな攻撃ではほんの足止めにしかならない。だから、今のうちに早く皆なを助けて――〟

その時、音瀬の民に付き添われてサナヤが彼らの前に現れた。

サナヤの憔悴ぶりは先刻より更に増していた。

サナヤはマカゲに念を送って来た。

〝マカゲさん、最高神を止めてください。

あの方は、ご自分に何の防御もかけていません。

このままでは、闇蓬来に逆襲されたらひとたまりもありません。

これ以上戦うのをやめさせてください。

一刻も早く――〟

〝そうか、そうだよな。
そうでなければあんな大技は使えなかった――。
自分のことは二の次にして、そうまでして俺達を守ってくれたんだ―〟
マカゲは潤んだ瞳をクヌギに向けた。
〝クヌギ、クヌギ――。ゴメン、ゴメン〟
音瀬の長がクヌギに念を送って来た。
今までクヌギに心を許さなかった音瀬の民も、一斉にクヌギへの謝罪と感謝の念を
送って来た。
〝アリガト、アリガト。クヌギ――〟
〝クヌギ、スキ、ダイスキ――〟
〝クヌギ、ゴメン。
イッショ、ズット――イッショ〟
やっと判りあえた。
マカゲは心底嬉しかった。
〝お前達、判っただろう？

前から言ってただろうが。
こいつは乱暴なところもあるが、根は本当にいい奴だって〟
マカゲはその喜びに浸っていたかったが、まだ戦いは終わっていない。
〝サナヤ、音瀬の民、今のうちに避難しろ。
奴らの勢いが止まっている今のうちに〟
〝ミー、ミー、
ワカッタ。ワカッタ〟
〝ソウスル、ソウスル。
イウコト、キク、キク〟
音瀬の民は、マカゲの言葉に従った。
一生懸命、空中をヨチヨチととんで避難を始めた。
しかし、サナヤはその場を動こうとはしなかった。
〝サナヤ、お前も逃げろ！
はっきり言って今のお前は足手まといだ。
皆なと一緒に避難するんだ！〟
〝しかし――私は――〟

何をためらっているのだ。

マカゲは、苛立った。

サナヤの視線の先にはクヌギがいた。

その時、暗雲が立ち込め闇蓬来の長が出現した。

〝!!〟

長は、一族の惨状を目の当たりにした。

業火の術を用いて〝縛〟の呪縛からようやく逃れた長は、争いを収めようと空間移動して来たのだが――。

最初に見たのがクヌギの究極の術によって無惨に傷ついた一族の姿だった。

〝貴様ーっ!!〟

長は思わず我を忘れた。

核の加護で時が経てば全て復活するのを承知していても、愛する一族の息も絶え絶えの姿に冷静さを欠いた。

長は、クヌギに向かって威力のある火炎玉を投げつけた。

クヌギは、その火玉を避けようとさえしなかった。

まるでそうされるのを望んでいるかのように。

火玉は、クヌギの左胸を射抜いた。

止める間も何もなかった。

全ては、一瞬の出来事だった。

「クヌギーッ」

マカゲとサナヤは同時に叫んだ。

クヌギは胸を押さえ、そのまま地上へと落ちて行った。

闇蓬来の長は我に返った。

激しく動揺した様子で、傷ついた一族全員と共に空間移動の術を用いてその場から姿を消した。


マカゲは、空転車にクヌギを乗せてサナヤの許に降り立った。

サナヤは、半狂乱になってクヌギを抱き締めた。

だが、既にクヌギは息絶えていた。

サナヤは、信じられないほど取り乱して号泣した。

だが、マカゲは怒りの眼差しをサナヤに向けた。

「お前は、こいつがたった今〝死んだ〟と思っているのか？」

サナヤは、クヌギの骸を抱き締めたまま泣き続けた。

「クヌギは人界にいた頃からずっとお前を愛していた。それなのにお前は、同性だからとか主従の関係だからというだけで、こいつの思いをずっと拒み続けてきた。そうだろう？」

サナヤは何も答えず、ただ両目から大粒の涙を流し続けていた。

「こいつは今、死んだんじゃない。人界にいた時も音瀬へ来てからも、ずっとお前に思いを告げて拒まれる度に少しずつ死んでいったんだよ！

こいつは言っていた。

理屈じゃない。魂がお前を選んでしまったと。

人界神だか何だか知らないが、神は神だろう。人とは違う。たとえ同性同士でも人界のような禁忌にはならないとあの学長も言ってたじゃないか！」

マカゲは涙混じりの声で続けた。

「何で…何でこいつの思いに応えてやらなかったんだ。クヌギを死なせたのは闇蓬来なんかじゃない！

サナヤ、お前だ！」

どう罵られてもサナヤは何一つ弁解せずに、ずっとクヌギを抱き締めていた。

やがて、諦めがついたのかクヌギの遺体をそっと横たえるとその体に自分の上衣を掛けた。

サナヤの裸の上半身を見たマカゲの顔色が変わった。

「何だ！

お前の背中は！」

サナヤの背中には、金色の柄の小刀がびっしりと刺さっていた。

彼の背中はどす黒く変色していた。

対照的に金色の小刀は、キラキラと煌めいていた。異様な光景だった。

「サナヤ、それは――」

「…神界の制裁です。

私がこの方を愛しいと思う度に、この方に思いを告げられる度に神界からの罰が与えられて来ました。

それは…いい。私はどうなろうと構わない。

けれど、私がこの方の思いに応えてしまったら、罰が最高神様にも及んでしまう。

この地獄の責め苦をどうしてこの方に与えられるでしょうか。そう思って耐えてきた。

しかし、結局は別の形でこの方をずっと苦しめてしまった。

マカゲさんの仰る通りです。

この方を死なせたのは…紛れもなく私、です」

「馬鹿…野郎！

何故、黙っていた⁉」

マカゲは、サナヤの背後に回るとその金色の小刀を一本一本引き抜いた。

どれも柄の部分まで深々と突き刺さっていた。

「猛毒が塗ってある。

一本で牛一頭を倒せるほどの――。

サナヤ、お前だって生身の体の筈なのに。

よく虚無界に行かなかったな」

深刻極まりない状況なのに、マカゲは妙に感心してしまった。

確かに癒しの神であるサナヤだからこそ、ここまでの傷を負って生き長らえたのだろう。

もしも、クヌギにこの小刀が一本でも刺さったら、ひとたまりもなく肉体は滅びていただろう。

空世へ行けないクヌギは虚無界（即ち死ぬ）へ行くしかなかっただろう。

「これは…神界の制裁ではない」

マカゲは、闇蓬来の長の仕業だと看破した。

金色の小刀を用いることで神界からの罰だと思わせ、サナヤの防御力を弱らせていたのだ。

（あの長――。

こんな汚い真似をする奴だったのか）

何か信頼を裏切られた思いがして、マカゲの心は怒りにうち震えた。

だが、今は神々を救うことに専念しなければならない。

「すまん。

サナヤ、ひどいことを言った。

まさか、こんな状況だったとは――」

マカゲは一本一本小刀を抜きながら詫びた。

サナヤは黙ってされるままになっていた。

マカゲは小刀を抜き終えると、クヌギの遺体に駆け寄った。

クヌギの左胸には黒焦げの火傷が残されていた。

「…」

マカゲは無言のまま、人界でサナヤがクヌギに施した手かざしの術をかけた。

僅か二、三分でその火傷を治した。

「マカゲさん――」

サナヤは驚いてマカゲを見つめた。

音瀬において確かにマカゲは万能だった。

更に癒しの術においてもサナヤを凌ぐ技術を持っていた。

そのことにサナヤは改めて気がついたのだった。

マカゲは、そっとサナヤに告げた。

「俺は、人界では全くの凡人だった。

だが、この音瀬では万能の力を得た。

一度だけなら――そう一度だけなら虚無界へ送られた魂をこの音瀬に引き戻すことができる――」

悲しみに打ちひしがれていたサナヤの瞳に、ありありと生気が甦った。

「何ですって⁉　それでは、最高神を生き返らせると仰るのですか？」

「ああ、音瀬にならば呼び戻せる」

マカゲは、クヌギの遺体の傍らに座った。

その額の上に、両手を重ね合わせる。

暫く瞑想した後に、重ねた手をクヌギの遺体全体に泳がせた。

マカゲの瞳は赤く光り、その手から金色の光が顕れた。

光は、クヌギの全身を優しく押し包んだ。


「甦れ！

クヌギ‼」


マカゲがそう詠ずると、クヌギの体はぴくり、と動いた。

瞼がゆっくりと開かれた。

その切れ長な目が周囲を見渡した。

〝ミー！　ミー！〟

ずっと彼らを見守っていた音瀬の民も喜びの声をあげた。

サナヤは、クヌギの体をしっかりと抱き締めた。

「良かった！

良かった！

クヌギーッ！」

少しの間、呆然としていたクヌギも、やがてサナヤの背に手を回して抱き合って号泣した。


暫しの時が流れた。

クヌギはサナヤの背中の傷を見て、彼の苦しみと自分への思いの深さを悟り、己の身勝手を詫びた。

そして、クヌギはマカゲの前に進み出た。

深々と頭を垂れて三界（さんがい）の礼を捧げた。

「よせよ、こっぱずかしいじゃねえか」

マカゲは、照れてどぎまぎした。

音瀬の長と民もマカゲにすりよって来た。彼らにとって最大の礼は体に触れて擦ることなので、マカゲはくすぐったい思いをする羽目になった。

「ウッヒャ、ヒャ。やめて、お願い。マジでくすぐってぇ。腹の皮が破れちまうよ」

それでもチョコチョコとすりよって来る音瀬の民の〝攻撃〟に、マカゲはすっとんきょうな声をあげて逃げた。

その姿がとても滑稽で、サナヤとクヌギも顔を見合わせて笑った。

それは、音瀬界へ来てからの初めての笑いだった。

これからの行く末も見えないままに、それでも三人と音瀬の先住民達はほんのひとときを明るい気持ちで過ごせたのだった。


しかし、それからが大変だった。

クヌギが無事に戻って来た安堵感で気が緩んだせいもあっただろう。

サナヤは、高熱を発して寝込んでしまった。

如何に究極の癒しの術を持つサナヤといえど、闇蓬来から受けた傷は深く、マカゲは付ききりで治療を施した。

クヌギは防御術には長けていても癒しの術は使えないので、傍らで見守るしかなかった。

そこで役に立ったのが音瀬の民だった。

彼らは、マカゲの治癒能力を模倣してサナヤに癒しの術を共にかけた。

音瀬の民達の中には能力者の力を同等に使いこなせる、所謂（いわゆる）依代（よりしろ）的な力を持つ者がいた。

お陰でサナヤの治療は、大いにはかどった。

マカゲは、治療呪文を声高に唱えた。

「この者、マナイの深き傷を我が力をもって癒したまえ」

マカゲがそう唱えたのを聞いて、クヌギの顔色が変わった。


「マカゲさん、その名は!?」


「サナヤの本名だ。人界で一度だけそう名乗った。

俺と四年振りに会った時にな。降臨したての時に自分の名前はサナヤではない、マナイだと言った。

こんな時だ。

本名を用いなくては、な」

「…」

クヌギは信じられないという面持ちでサナヤを見つめた。

「絶対…神様」

やがて、その言葉がクヌギの口をついて出た。

クヌギは、激しく動揺していた。

そのしなやかな体が明らかに身震いするのをマカゲは見てとった。

「神である我らは、たとえ存じ上げていても自ら申し上げるのは叶わない――。

その御名（おんな）をサナヤは名乗ったというのか――」

「クヌギ…」

「悪いが、少し席を外す」
「おい！　待てよ」
マカゲは思わず後を追った。
音瀬の民にサナヤの治療を続けるように言いおいて。
クヌギは自室に入ると何かを持ち出してきた。
「クヌギ、何してるんだ？
手に持っているのは何なんだ？」
マカゲに問い詰められて、クヌギは悪戯がばれた子供みたいな表情になった。
手には、腹がぽっこりと出た人形みたいな物を掴んでいた。
それは激しくバタバタと暴れまくっていた。
「何だ？　そいつは？」
重ねてマカゲは問い質した。
クヌギは仕方がないとばかりに、首根っこを掴んだそれをマカゲに見せた。
「こいつは知識神だよ。
正確にいえば、その一部の〝根〟の部分だけど」
〝根〟は本来は記憶コードを指すが、魂そのものをいう場合もある。

「知識神？
ああ、あのシュ・レンカとかいう神か」
クヌギは、頷いた。
「それでお前、そいつをどこから連れて来たんだ？」
「マカゲさんに音瀬に戻してもらう途中で、人界に立ち寄ってこいつをくすねてきた。
体は人界に置いてきたが、〝根〟はここにあるから、あちらでは昏睡状態だな」
「へぇー。
器用な真似できるんだな。お前」
マカゲは感心して、小さなおじさんの膨らんだ腹を小突いた。
「もう！　何すんのよ。
くすぐったいじゃない」
姿はステテコ白シャツのおじさんだが、言葉遣いは完全に女性である。
「今はこんな格好をしているが、マカゲさんも会っているよ。
人界で対談したあのおばさん学長さ」

「あらん、よく覚えていてくれたわね。うれひぃ。麗香さんは、あれから十年後に空世に行ったわ。

それから私になって、今ではお笑い芸人やっていまーす。

とまっぴーっていうの。

よろひく～」

「はい？」

意味が判らず、問い返すマカゲにクヌギが説明した。

「こいつは、複合神（ふくごうしん）なんだ。

様々な要素―男性・女性・自然霊・動物などを併せ持った神だ。

しかも、こいつは特殊な神で三界（神界・人界・空世）に分かれて存在しているんだ。

神界では知識と情報を伝える神として唯一独立して存在している。

空世では、人界への転生を司る役回りだ。

それで、人界にも何度も転生してくる」

クヌギは忌々しげに彼を睨んだ。

「転生する度に、人界神やその協力者達に余計なちょっかいを出して来たりする。サナヤは単にアドバイスしてくれると思っているみたいだが、鼻持ちならない奴だ」

自分も協力者とか言ってたのは真っ赤な嘘か。

道理で、あの対談の時にシュ・レンカのくだりで涙ぐまんばかりだったのも、熱く己を語っていたせいか。

クヌギと彼女があんなに見つめ合っていたのも、互いの正体を看破していたからなのか。

マカゲは内心呆れた。

だがそれは表には出さなかった。

「とにかく、人界で女学長が空世へ行き転生したとまっぴーさんがここまで成長しているってことは―どう見ても四十過ぎだな――人界ではもう数十年が経過してるんだな」

「そういうことになるな。

だが、今はそれはどうでもいい。

俺は真実を知るためにこいつをここに連れて来たんだ」

「…」

二人はミニチュアお笑い芸人を睨みつけた。

「洗いざらい、話してもらおう。俺達が知らない真実を、だ」

とまっぴーは不貞腐れてそっぽを向いた。

「いくらだんまりを決め込んでも無駄だ。手荒な真似はしたくはないが、場合によっては容赦しないぞ」

クヌギが脅しをかけると、

「あ、あんたなんか嫌いよ。何さ、人界神の分際で。神界に来たこともないくせに。私らより身分が上なんて絶対に納得が行かないわよ」

「シュ・ナク（統率神）を名乗らるるは我が一族の今上最高神のみ。それは、長年神界におわす古代神、特に最古参のあんたからすれば面白くはないだろうよ」

「フン、特にあんたは大嫌い！ あいつに瓜二つだし、小生意気で憎たらしいったらありゃしない！」

「あの～どうでもいいんですが、この神様は男ですか？

それとも女？」

マカゲがおずおずと尋ねると、

「知識や情報に男も女もあるか!!」

と、ドスのきいた声で凄まれた。

「マカゲさん、悪い。

少し、席を外してくれないか。

こいつとは一対一で話さなければ駄目なんだ」

「判った――」

マカゲはその場を立ち去った。


（――）

（――）

神々は一晩中話し合っていたが夜明け近く、
クヌギの激怒した声が響いた。

「お前達は、それでも神か⁉」

クヌギは、ようやく真実に辿り着いたのだった——。

クヌギが知識神と話している間、マカゲはサナヤの治療に専念していた。

闇蓬来の長から受けた傷は、大方回復していた。

「良かったな。もう殆ど治ったぞ」

「マカゲさん、この度は何と御礼を申し上げたら良いか——。本当にありがとうございました」

「気にするなよ。長い付き合いじゃないか」

マカゲはあえて知識神のことはサナヤに話さなかった。

ドアが軽くノックされた。

サナヤが応えるとクヌギが部屋に入って来た。

マカゲはクヌギに念を送った。

〝奴との話はついたのか？〟
クヌギはかすかに頷いた。
〝マカゲさん、すまないがサナヤと二人だけにしてくれないか〟
何か含むところがあるのだろうと察した彼は、
「じゃあ、俺は見回りにでも行って来るよ。
サナヤ、お前はクヌギと散歩でも行って来いや。
体馴らしに丁度いいから」
とサナヤに勧めた。
「マカゲさん――」
「クヌギもそうした方がいいだろう？
サナヤはまだ病み上がりだから気をつけてやれよ」
そう言いおいてマカゲは寝室から出て行った。
「さて、本日も晴天なりと、言いたいところだがここはいつも曇り空か――。
可もなく不可もなく…」
そう言いかけてマカゲは、全身に火をつけられたような熱さを感じた。
激しい動悸とともに体中が軋み始めた。

マカゲはその場にうずくまった。

(フッ、来やがったか)

マカゲは自嘲めいた笑みを洩らした。


シュ・レンカの〝根〟には一発、思い切り蹴りを入れて人界に返した。

体は人界に残してあるので簡単に奴は戻って行った。

反省を望める相手ではないが、もう奴と二度と会うこともないだろう。

だから、もうどうでもいい相手だった。

神々はマカゲとは反対方向の屋敷周辺をゆっくりと散歩した。

二人とも、暫し無言だった。

やがて、クヌギが口を開いた。

「本当にすまなかった。

俺はずっと自分のことしか考えていなかった。

もしあのまま人として人界に暮らしたなら、二度とサナヤには会わなかったと思う。

神として闇蓬来と戦う身となった時、貴方と再び関われる喜びは大きかった。でも、同時に貴方への思いから解放されない自分に苛立ってもいた…」

「クヌギ――」

サナヤは、手を伸ばしてクヌギを抱き寄せた。

「詫びなければならないのは、私の方だ。

ずっと貴方の気持ちを知りながら、拒み続けてきた。

許して欲しい。でも、今は違う。この戦いが終わったら共に――ずっと暮らそう」

サナヤは、もうクヌギに対して敬語は用いなかった。

年長者として、そしてクヌギの保護者として生きる決意を示したかったのだろう。

クヌギは、気が遠くなるほど嬉しかった。

だが――それは叶わないだろう。これから、ある真実を暴き、それによって選ぶであろう自身の行く末を思えば――。

「サナヤ、貴方に訊きたいことがある。

サナヤ、教えて欲しい。

誠の名を――。

人名の早奈谷高樹ではない、神の名を」

「クヌギ、それはでき…ない」

「本来、降臨すれば俺のシュナク・サーレのように新たな名を得るのが人界神の習いだ。
それを、贈り名という。
貴方は、神に成ってもずっとサナヤと名乗り続けた。
本当は、贈り名を得た筈なのに。
それは、名乗るのを禁忌とされたからだろう？
だが、あえて問う。
その名を教えて欲しい」
「クヌギ、駄目だ。その名を口にするのは固く禁じられている。
何者にかは判らないが――。
私自身、一度名乗った覚えがあるがはっきりしていない。
うまく思い出せないのだ。
でも、たとえクヌギにでも名乗ってはいけないない気がする――」
「サナヤ…」
クヌギは、暫く考えあぐねていたが、やがて意を決して厳かに従神に命じた。
「今、我は今上最高神シュナク・サーレとして命じる。
我に汝の贈り名を伝えよ」

サナヤは三界の礼の姿勢をとった。

主神、まして今上最高神シュナク・サーレの命は絶対である。

命ぜられるままに、サナヤはクヌギに真の名を伝えた。

「今上最高神様の命であれば——明かさずばなりますまい。
我が贈り名は
マナイ——。
マナイと申します」

その名を聞いた途端、最高神は数メートル弾き飛び、額を地に擦りつけて五体投地(ごたいとうち)した。


「シュナク・サーレ様？」

サナヤは、驚いてクヌギを見つめた。

クヌギは体を投げ出すようにひれ伏したまま、語り始めた。

「今までの理不尽極まりなき振る舞い、ご無礼の数々――。

どうか、平に平に御容赦くださいませ――。

貴方様――。

貴方様こそが、ババラードの全てを統べる神、マナイ神様であらせられます。

従神は―従神は私めの方でございました!!」


「シュナク・サーレ様! 何を仰っておられるのですか。私などが、そんな…」

サナヤは、思わず口ごもった。

だがクヌギは構わずに語り続けた。

「絶対神様の御名（おんな）は、我ら神は承知しておりましても決して自ら名乗ることは叶いません。

絶対神様御自ら名乗られました後に、ようやく我らの口からもその御名が発せられるのであります。

その御名を名乗られましたことこそが、何より絶対神様であらせられる証にございます」

「そんな…私は何も知らないのに」

「思えば、極めて単純明快でありました。何故（なにゆえ）に今回我々のみが人界に降臨したか——本来ならば、数百名に及ぶ神が降臨して闇蓬来と戦う習いである筈なのに——。そうです、他の神々が降臨不可能になるほどに、絶対神様が御降臨あそばされるには莫大なエナジーが必要だったからであります。ましてや貴方様の人界における万能の御力…。あの御力の卓越さを推し測れば即座に判明致しましたものを、愚かな私めは見抜くこと叶わず…誠にお詫びの言葉もございません——」

「シュナク・サーレ…」

サナヤは、最高神を敬称なしで呼んだ。

何かが自分の中で激しく脈打つのをサナヤ自身も感じ取っていた。

クヌギは、あのシュ・レンカの〝根〟から聞き出した真実をサナヤに語った。
それは大昔――。
神界が繁栄の絶頂期であった時代に遡る。
神界の大神――
シュナク・バズーラを頂点として、神々は豊かで安寧な日々を過ごしていた。
だが、ある日突然、次元に巨大な亀裂が生じた。
そこから異界の神、ゾアナが出現した。
シュナク・バズーラは傷ついた異界の神を丁重に迎え入れ、治療を施した。
ゾアナは、異界の複合神だった。
実は、混沌のバハラードから最初に誕生したシュナク・バズーラとシュ・レンカも
また複合神という宿命を背負っていた。
それ以降に誕生した神々は単一（たんいつ）神であり、男女や動物として一つの魂
で創造されていた。
単一神は、殆どがパートナーを見いだして二人一組となって幸福に暮らしていた。
しかし、複合神として様々な魂を持つシュナク・バズーラは、他の神々と愛し合え

ない定めにあった。同じ複合神であるシュ・レンカはずっとバズーラを愛していたが、バズーラは全く気づかずにいた。

ババラード創成以来、シュナク・バズーラは神界の大王であったが、常に孤独の中にいた。

しかし、異界の神であっても同じ複合神であるゾアナにバズーラ深く魅せられた。ゾアナもまた、恩を受けた心優しきバズーラを愛するようになった。

愛し合う神々の間には、数多くの子供が誕生した。

それこそが最高神一族だった。その能力の差で統率神になる神は限られていたが、クヌギの一族は全て兄弟、姉妹の関係にあるのだ。

その後シュナク・バズーラは、ゾアナと二人の間に生まれた夥しい数の子供達、そして神々を守るために次元の裂け目を修復する旅に赴いた。

神界の優れた一族と共に。

しかし、彼らは次元の裂け目に呑まれてしまい行方不明になってしまった。

残されたゾアナは神々の白い目に晒された。

神界の神々は、次元の裂け目はゾアナがもたらしたと思っていたからだ。

実際には、ゾアナは巻き込まれていただけだったのだが。

そんな中で、ゾアナは必死で我が子達を守り育てた。

ようやく、行方不明だった一族が次元の裂け目から帰還を果たした。

一時的だったが裂け目も修復された。

全てはその一族の必死な努力に依るものだった。

しかし、長年異空間に身を置いていたために、彼らは見るも無惨な姿に変貌してしまった。

神界の神々は、その姿を厭わしく思い、彼らを次元の裂け目があった場所に追放した…。

シュナク・バズーラは結局、戻っては来なかった。

追放された一族は神々に怒り、自らを闇に同化させて闇蓬来と名乗った。

そして、神々に戦いを挑んだ。

一方、ゾアナも神々の所業に怒り、見切りをつけてしまった。

ゾアナは、子供達を繭にして神界に残した。

唯一の味方であったバハラードの〝気〟の化身に子供達を託し、自らは神界を去って行った。

闇蓬来の一族は神界の神々と戦い続けた。

再び次元が裂け神々が混沌化してしまった後は、新たに作られた人界に場所を移して空世から降臨する最高神一族と戦い今日に至っていると――。

「…」

サナヤは言葉もなく、クヌギの話を聞いていた。

「私は長年、闇蓬来の一族を殲滅することが我ら最高神一族の一番の責務と思って彼らと戦ってまいりました。

ですが、古代神のあまりの理不尽さを知った今、彼らを倒す気にはなれません。

到底、滅ぼすことなどできません。

たとえ、貴方様を著しく傷つけ、一度は私を死なせた相手だと判っておりましても…」

クヌギは、言葉を詰まらせた。

暫しの沈黙の後、クヌギは三界の礼に姿勢を変えてサナヤに告げた。

「絶対神様…。

貴方様には、まだ試練が残されております。

それは、ババラードの〝気〟の化身との闘いであります。

この闘いに勝ってこそ、貴方様は真の絶対神――マナイ様と成られます。

その無限の御力をババラードに賜るようになられます。

どうか、どうかこの闘いに打ち勝ち、我が一族の復活を、闇に堕ちし者達に慈悲を賜りたまえ――。

私は、絶対神様を信じております。

必ずやこの試練に打ち勝ち、真の絶対神様として御降臨あそばすと――。

私は、私の為すべき道を果たしに行って参ります。

私への罰は暫しの猶予をお願い致します。

それでは――行って参ります」

「シュナク・サーレ!」

サナヤの呼びかけも空しく、クヌギはその場から姿を消した。

サナヤは崩れるように膝を折った。

（絶対神…。

この私が？）

そんな馬鹿な――そんなことはあり得ない。

神界において、神界の王たる最高神を従神に据え置くほどの存在――絶対神。

その存在は勿論サナヤも知っている。

神々の中の神。バハラードの頂点の神。

絶対神…。

しかし、その真の姿は誰も知らず全てが謎の存在であり、神界においても唯一伝説の神とされている。

実在しないと断言する神も少なくなかった。

その時、サナヤは気づいた。

自分自身が絶対神の御名を知らなかったそのことに――。

バハラードの神々はその名を知りながら口にすることを許されぬとされる。

絶対神が顕れてその名を口にするまでは、決して口にするのは叶わない。

その名をサナヤは知らなかった？　いや、違う、違うのだ。

今、サナヤははっきりと思い出した。

人界の喫茶店で起こった出来事を――。

サナヤは、マカゲの前で神として降臨した時にこう言った。

『私の名前は

早奈谷高樹。
いや違う――。
私の名前は、
マナイ…マナイだ。
だが、その名は禁じられている』
あの時は、まだ従神としてしか降臨していなかった。
だからこそ、その御名を名乗りながら自ら封じていたのだ。

(私は…。

わ、私はぁ～)

サナヤは、頭を抱えて倒れこんだ。

自らが禁じた名こそが絶対神である証。

他の神々は口にすることさえ許されない名前を、降臨した時点で易々と口にしていた自分――。

何よりありとあらゆる情報を神界から受け取りながら、唯一絶対神の御名を知らされていなかったのは――

自身が絶対神であるから。

しかし、しかし、しかし――。


今の自分に何ができる？

人界神の身の上で――。

確かに、人界においての自分の能力には卓抜したものがあった。

だが、音瀬においては闇蓬来からの攻撃を神界からの制裁と誤解して、ただその責め苦から最高神をお守りするだけに心を砕き、何の力も発揮できずにここまで来てしまった。

そんな自分に一体、何ができるというのだ。

サナヤは呆然としていた。

音瀬の民が、心配そうに周りを取り囲んだが、彼はあらぬ方向を見つめているだけだった。


「クヌギ――」

マカゲは、見回りの場所にひょっこり現れた最高神を見つけた。
サナヤはそこにはいない。
話し合いはうまくいったのだろうか。
「ヨッ！
オッサン」
クヌギは、明るく声をかけてきた。
何か全てを悟りきったという表情で、彼はマカゲに微笑みかけた。
「マカゲさん、空転車に乗せてくれないか？」
「あ、ああ」
お前は空を飛べるじゃないかと思ったが、マカゲは念を込めて空転車を具現化した。
いつもと違う二人乗り仕様のそれを地上にゆっくりと置いた。
マカゲが前方に乗り込むと、クヌギは後部座席に乗ってマカゲの腰に手を回した。
空転車は、勢いよく発進した。
一気に空へと駆け登って行く。
「ひょ〜。
自分で浮くのとはまた違った感覚だな」

クヌギは、周囲を見渡した。

「どうだ？　空中をバイクで走るのもなかなかなものだろう」

音瀬の空は常に鉛色の曇天だが、吹きわたる風は爽やかだった。

「本当にそうだな。いいなあ。俺もこれ欲しいな」

「残念ながら、これは音瀬のパルスと俺の念を合わせて具現化したものだ。サナヤならともかく、お前には無理だ」

「そうか…。いや、それは残念だな。でも、こんなゆったりした気分で音瀬を眺めるのは初めてだ。あー。風が気持ちいい」

「…お前、何か言いたいことがあるんだろう？　だから空転車に乗せろなんて言ったんだろ」

「うん――」

クヌギはサナヤが絶対神だと告げた。
マカゲが贈り名であるマナイの神の名を教えてくれたから、ようやく判明したのだと。
「そうか——。
やはりな。
いくら今上最高神とはいえ、お前の方が主神とは思えなかったものな」
「言ってくれますねえ。
でも、まさにその通りだから文句も言えないなあ」
(こいつ、やけに素直だな。
いつもなら軽く悪態の一つもつきそうなものなのに)
マカゲは少し不思議に思った。

それから暫くは無言のまま空転車は音瀬の空を駆け巡った。
クヌギは、純粋にこのドライブを楽しんでいた。
クヌギは、二人には黙っていたが既に闇蓬来の長と決闘の約束を取り付けていた。
その刻限が間もなくやって来る。

闇蓬来の長は、クヌギを〝死〟に追いやったことを詫び、甦りを喜んでいた。
やはり、彼も心底の悪ではないとクヌギは改めて確信した。
クヌギはドライブに区切りをつけるために、マカゲに話しかけた。
「俺は、椋の木の下で拾われたんだ」
「そうだったのか――」
だから、クヌギと名乗っていたのか。
「ずっと俺は、椋の木の下に捨てられたと思っていた。
でも、今は拾ってもらえたと言えるようになったよ」
「クヌギ…」
「きっと、マカゲさんやマナイ…様、他の多くの人々と出会って支えてもらったか
らだと思う。
たとえ親がいなくても、俺は決して一人じゃなかった」
「当たり前じゃないか。
俺達はどんな形で生まれてこようと、一人で生きていけるもんじゃない」
「その通りだな。マカゲさん、本当に長い間ありがとう。
迷惑ばかりかけて申し訳なかったよ」

「何を今更…。

お前、変だぞ。

今日はやけに潮垂れているじゃないか」

「…この姿のうちに礼を言っておきたかった。

さようなら――」

クヌギはそう告げると、空転車の後部座席を思い切り蹴った。

一瞬でその姿は宙に飛び、かき消えた。

「あっ。待て！

このやろ、どこへ行く気だ？」

マカゲは、慌ててブレーキを掛けた。


―マナイ神様の所へ行ってくれないか。

あの方は今、とても混乱していらっしゃると思うから――

クヌギの念がマカゲの脳裏に届いた。

「クヌギ！」

マカゲは周囲を見回したが、クヌギの姿は見いだせなかった。

（クヌギ、判った。今はサナヤ…いや、マナイ神の許へ行こう。何もしてやれないが、せめて気持ちを落ち着かせるくらいならしてやれるかもしれないからな）

マカゲは、自らに言い聞かせるように姿なきクヌギに告げた。

（型代さえ、外せば——）

今の自分の成すべきはそれだと、クヌギは空中を飛翔しながら考えていた。


マカゲは、サナヤの念を捜して空転車を走らせた。

そして、屋敷の中庭で明らかに取り乱した様子のサナヤを見いだした。

「マカゲさん!!」

サナヤは、マカゲに必死で訴えかけてきた。

その顔は青ざめて、今にも泣き出さんばかりだった。

「マカゲさん…。最高神が——とんでもないことを——私に——。

神々の中の神である絶対神が私であると…いうのです」
「ああ、知ってるよ」
マカゲは、のほほんと応えた。
「そんな…マカゲさんまで――。
ああ、私は…私は一体どうしたらいいのですか？」
(涙目になってるよ。サナヤ君)
あの冷静沈着で不言実行のスーパー従神のサナヤが、おろおろとうろたえている。
よほどの衝撃だったのだろう。
「落ち着け、サナヤ。クヌギにお前の贈り名を伝えたのは俺だ。
東亜の喫茶店でいきなり、自分をマナイと名乗っただろう。
俺はそれをクヌギに教えただけだ。
まさか、神々は口にさえできない絶対神様の御名とは夢にも思わなかったがな」
やはり、最高神はマカゲからその名を教えられたのか――神ならぬ身のマカゲだか
らこそ口に出して伝えられたのだ。
「いえ、それはもういいのです。
わ、私は絶対神様という畏れ多い存在ではありません。

音瀬へ来てから私は、ただの人より無能な存在になりました。私ごときが絶対神様であるわけがないのです！」

「馬鹿野郎！

いい加減にしろ!!」

マカゲは、サナヤを一喝した。

「今のお前に己が絶対神様ではないと言い切る資格があるか！」

「…」

「地べたを這いずり回って、泥まみれになって血へどを吐くほど必死になってみたのか!?

迷う暇、悩む余裕があるなら動けよ!!」

「マカゲ…さん」

「悪（わり）い──。

今、お前が大変な立場にいる──それは俺もよく判っているよ。どれほど辛い思いをしているかもな。

だが、このバハラードにお前より上の立場の者はもういないんだ。

今、俺がお前に言えるのは──

絶対神、畏れるな！
それだけだ。
クヌギもきっとそう言いたかったんだと思うぞ」
マカゲは、空転車に向かって歩いた。
「俺は、俺の信じる道を行く——。
あばよ。
次に会うときは俺を失望させないでくれよな」
マカゲは口元に微笑みを浮かべ、空転車に乗り込むと振り返らずに飛んでいった。
その姿が見えなくなるまで、サナヤはずっと見送った。
「マカゲさん——。
判りました。
やってみます。
まず、バハラードの〝気〟と対峙できるように動いて…みます！」
マカゲの言葉に強く動かされたサナヤは、固い決意を先輩に告げた。
マカゲとサナヤが語り合っていたほぼ同時刻——。

音瀬界の闇蓬来のアジト——。
長の私室——。
闇蓬来の長は、ささやかに設えた祭壇の灯明の下で必死に何者かに訴えかけていた。

〝どうぞ、お言葉をお聞かせください。

——様。

貴方様の御指示を賜らなくなりましてから数十年が過ぎ去りました。

その間、我ら闇蓬来は独断で最高神一族と戦って参りました。

貴方様のお力を以て我らは不死身となり、ことごとく最高神一族を打ち倒して参りました。

しかし、本当にこのままでよろしいのでしょうか？

今の最高神一族は、僅か三名の手勢でありながらとてつもなく手強い者どもにございます。

我らを別界（べっかい）である音瀬へと引き込み、不退転の決意をもって我らに挑んで来ております。

私も尋常ではない醜い手段を用いて彼らを苦しめて参りました。

正直申し上げて胸が痛む思いであります。
私は、これ以上彼らと戦いたくありません。
我らの行くべき道は、ただ彼らを倒すためにのみあるのでしょうか？
――様、どうぞ新たな御指示をお与えください〟

長は何者かに願い続けた。
〝我らは、――様によって地獄より救われた者どもでございます。
貴方様の御心のままに、全てをお捧げする所存にございます。
それゆえに今の貴方様の御心をお伝えください。
平に、平にお願い申し上げます。
――様…〟

長は、頭を床に擦りつけて何者かに願い続けた。
しかし、その答えは何も返って来なかった。
長は暫くの間、苦しげに呻いた。

やがて、意を決して歪んだ顔をあげてこう告げた。
〝判り…ました。
それでは、貴方様が以前に下された命令通りに致します。
彼らを倒します。
それにより、我らがこの音瀬から脱出する道が開けるやもしれません。
我が全身全霊を懸けて最高神とその部下を倒しに参ります〟
長の心は決まった。

闇蓬来の長は、音瀬の外れにある荒野へと一族を率いて赴いた。
最高神は、決闘の話し合いの際に一族を連れて来るように要求したのだ。
長は不審に思ったが、最高神の激しい要求に蹴落とされる形で従うことにした。
一族を引き連れて来たが、長は彼らに厳しく言い渡した。
「一切の助太刀は無用！
これは一騎討ちである。

もし、我が意に逆らう者あらば闇蓬来より永久に追放する！」

長は決意していた。

あの方は何らかの事情でお言葉を発せられない状況にあられるのだ。

だからこそ、これからの闘いがあの方の御意志ではない場合は、その責めは全て自分が背負う――。

従ってこの闘いはあくまでも私闘としてゆくべきだと――。

一族は不満げにざわめいたが、長の意志は揺るがなかった。

だが、その決意とは裏腹に長の内部には闘いたくない思いが満ちていた。

しかし、その思いも吹きすさぶ風の中、空中に佇む最高神の姿を認めると、長はその思いを握りつぶした。


「我は、全てを懸けて我が師と一族のために闘わん!!

最高神、参るぞ！」


「…」

クヌギは何も答えず、ギンガムチェックの厚手のシャツとジーンズ姿で長と対峙した。

彼らの最後の闘いの幕が切って落とされた。


最高神の屋敷——その地下室。

マカゲと別れたサナヤは、その身を清めゆったりとしたローブの衣服に着替えた。

全てはババハラードの〝気〟と対峙するためだった。

音瀬の民は心配そうにサナヤの周りを取り囲んだ。

彼を守るようにしてフワフワと浮いていた。

サナヤは何度もこの場から離れるようにと頼んだが、頑固な民達はそれを拒んだ。

ガランとした地下室の中央に座り、サナヤは身構えた。

『地べたを這いずり回って、泥まみれになって血へどを吐くほど必死になってみたのか⁉』

マカゲの言葉がその耳にこびりついていた。

私の闘いは、これから始まる。
バハラードの〝気〟との闘いが――。
いや、〝気〟とはバハラード界全てを指しているのだ。
混沌から大神と共に生まれでた――その時より、自我を持てる者である。
これからは〝気〟をバハラードと呼ぼう。
サナヤはそう決意した。

問題は、如何にしてバハラードとの接触を図るかだ。
サナヤは思案にくれた。
その時、唐突に思い出した。
マカゲとの対話を――。

それは、人界でマカゲがサナヤに礼の種類について質問した時のことだ。
『神界には、
〝全界の礼〟
というのがあるそうだな。

それはどういう礼なんだ？』
『それは、一種の封じ手です。まず用いることはありません。
その礼は神同士では用いられないのです。
…神が人や万物に対して心底の思いや感謝の念を顕す場合に用いる礼とされていま
す。
しかし、失礼ながら神が人や万物に対してそこまでの礼を尽くす事態はあり得ない
からなのです――』

封じ手――。
全界の礼は一種の封じ手。
神々は、その礼を知っていても行うことはない。

だが――
ババラードは、
ババラードは、
ババラードは、

神に非ず!!

全てを悟ったサナヤは、胡座（あぐら）をかき、両腕を横に広げ、両手を下に下げ、深々と頭を垂れた。

それが、全界の礼だった。

その姿勢をとるだけでなく、サナヤは全身全霊を込めてバハラードの出現を願った。

暫しの瞑想の後、サナヤは念じた。

〝出でよ――。

バハラード。

三界の意志であり――理（ことわり）たるものよ〟

やがて、サナヤの周辺に凄まじい念波が生じた。

シュウシュウとうねる白い大気。

ヒリヒリと体を締めつけられる特殊な念にサナヤは押し包まれた。

〝我は、
バハラード。
今生の大気・意志・理である〟

存在はしている――しかし、
その姿はない。
まさに、大気と一体化した者。
サナヤは、全ての神々の中で初めてバハラードとの接触に成功した。
バハラードは、いきなり核心をついてきた。

〝そなたが、
絶対神だと？
笑止！
誰の許しを得て全界の礼をとる？
そなたごときにその礼をとる資格などありはしない。

卑しき者め！〟

〝……〟

サナヤは、沈黙を守った。

〝その礼をとる間は沈黙を守るべし――。

フッ、一応の決め事には通じておるようだな。

従神サナヤ、そなた人界神の身の上で己が神々の中の神、絶対神であると誠に思っておるのか〟

サナヤは素早く全界の礼から三界の礼へと姿勢を変えた。

〝神界の王たる今上最高神が偽りを申すとは思えませぬ。

今や、我が内なる何者かも我がマナイであると指し示しております〟

バハラードの哄笑が地下室に鳴り響いた。
やがて、サナヤの周辺に凄まじい念波が生じた。
シュウシュウとうねる白い大気。
ヒリヒリと締めつけられる特殊な念にサナヤは押し包まれた。

〝これを笑わずして何を笑う。
そなたのごとき未熟者が、
絶対神だと申すか？〟

大気がうねり、鋭い剣の切っ先と化して、
サナヤに襲いかかった。
音瀬の民が、我が身を投げ出して、
その攻めからサナヤを守った。

〝ほう、この地の者どもには、

慕われておるようだな〟

〝……〟

サナヤは、姿なきバハラードを、睨みつけた。

〝今生界（こんじょうかい）〈バハラードの別称〉に、慈悲を賜るべき方が何故に、心清き民を傷つけなさるのですか？〟

〝血迷うた者を庇いだてする輩に、かける慈悲はない！〟

〝バハラード！〟

サナヤの声は怒りで震えた。

〝我を血迷うた者と仰るならば、
貴方は何なのだ？
この乱れた世を永年にわたり捨ておき、
救いの手を差し伸べずに、
傍観しておられた罪は、
裁かれぬと仰るのか！〟

サナヤの詰問にバハラードは、
蔑みの念をもって答えた。

〝そなた、心得違いをしておるな。
我は神に非ず！
全ての災いはそなたら神自身が、
為さしめたもの——。

己で己の首を締めた者の、
罪を我に贖えと申すのか⁉〟
サナヤは答えに窮した。
ババラードは、続けた。
〝もはや、そなたも知り得た事実――。
闇蓬来の成り立ちは神々の非道の証――。
自らを混沌化してその罪を逃れんとし、人界神なるそなたらを用いて不毛な戦いを
続けている――。
いずれは空世や人界をも巻き込み、今生界は地獄と化してしまうかもしれぬ。
――それら全てはババラードの主たるそなたら神の不徳であろう。
それを全て我が罪としてなじるか！
そなたらは‼〟

ババラードは怒りに満ちていた。

〝まあ、よい。
今、咎めるべきはそなたの過ち——。
何故にそなたは自身を絶対神と位置づける。
愚かな！
即座にひれ伏して引き下がれ！
そなたなど従神を名乗るもおこがましいわ！〟

再び気の刃がサナヤを襲った。

〝音瀬の民よ！　引きたまえ！
これは我が試練、我が闘いなり！
そなた達の温情、今は要らぬ。
我はよい！
汝が身を守れ！〟

〝デモ、デモ、サナヤ――〟

〝構わぬ！
そなた達が傷つく方が我には辛い！〟

サナヤは、それでも守ろうと立ちはだかる音瀬の民を白いベールの膜に包んだ。
音瀬において、初めてサナヤは術を発動させた。
本人も全く無意識のうちに――。

そして、自身は全く防御せずにバハラードの攻撃を受けた。
白いローブをまとったサナヤの体は無惨に切り裂かれた。
切られても、切られても、溢れ出る血に終わりはなかった。

いつしか、サナヤの深層意識には奇妙な静寂が訪れた。

気が遠くなるばかりの激痛は続いていたが――。

サナヤはマカゲやクヌギとの様々な交流を思い起こしていた。


――絶対神、畏れるな！――


マカゲさんは、そう諭してくれた。

判っていた――。おそらく、最初から心の奥底では自分の身分を悟っていた――。

覚えていなかったにせよ、最初から自らをマナイと名乗ったのだから。

ただ表向きは、従神という立場を素直に受け入れることで、己を安易な道へと導いていったのだ。

逃げていた――。まさしく逃げていたのだ。

何という罪深い所業であったか――。

クヌギに対してもそうだった。

初めて出会ったその時、その瞬間から愛していた。

もうこれ以上考えられないほど、魂が選んでしまった。

あの若者を――。

おそらく、クヌギが思ってくれた幾層倍も惹かれていたのに、ただ同性だというだけで自分はその思いから逃げてしまった。

浅ましく、卑しい自分――。

今更、バハラードに指摘されるまでもなく、人として神として最悪な道を歩んで来た――。

――絶対神、
畏れるな！――

再び、彼の言葉が脳裏に浮かんだ。

マカゲさんは、何を畏れるなと言ってくれたのか？

落ち着け！

よく考えるのだ――。

己を畏れるなという意味か――。

確かにその通りかもしれない。バハラードにおいて、最高位の絶対神であるという事実をいきなり突きつけられて、動揺しないわけがない。

マカゲさんは、私がその事実を受け止め切れずに精神的に壊れてしまうと忠告してくれたのだろうか。

いや、確かにそれもあるだろうがそれだけではない。

畏れるな――。
畏れるな――。
――迷う暇、悩む余裕があったら動けよ！――

音瀬に来てからは、本当に力強く誠実な兄のような存在のマカゲさんの思いを、しっかりと自身の力で捉えなければ――。

私はあの二人から受けた恩に何一つ報いられない――。

畏れるなとは己を受け入れるということなのか。

己を受け入れる――。それは――。そうだ！

絶対神だとか地位のことではない――。

振り返れば最悪の道を歩んで来た自分――。

しかし、愚かなりに懸命に闇蓬来との戦いの中に解決の光明を見いだそうとしてきた。
その思いは本物だった。
必ずしも、間違いばかりを犯して来たわけではなかった。
そうした全ての自分を受け入れる――。
それを畏れるなとマカゲさんは仰ったのだ。
逃げてきた自分、愚かな自分――。
それもまた間違いなく私だったのだ。
自らを守るために必要だった――。
己の心を壊さぬために――。
自らを全て受け入れてこそ、自らの足で次の一歩が踏み出せる。
そして、今ならまだ取り返しがつく。
私が絶対神となれば、この不毛な戦いに終止符が打てる！
それこそがあの二人の思いに応えることになるのだ。
――私は、絶対神様を信じます！――
先刻、クヌギはそう言ってくれた。
今、その信頼に応えずして…

いつ応えるというのだ。
サナヤは、再び全界の礼の姿勢をとった。
血まみれの体をバハラードに向けた。
そして、声を限りに宣言した。

〝我は、我を信ずる者達に報いるためにこそ――
ある！
あり続ける！
退け！
バハラード!!
絶対神は、
我なり!!〟

天空が砕け落ちんばかりの大音響が響き渡った。
混沌化した神界は、大波がうねり狂った。

同時にサナヤの体も、凄まじい勢いで揺れ始めた。

そのしなやかな肢体から四方八方に無数の蜘蛛の糸状の生命エナジーが放出された。

サナヤの苦痛は、かつて受けた闇蓬来からの責めなど比べ物にならないほど大きかった。

サナヤは、意味をなさない絶叫をあげ続けた。

サナヤの発した生命エナジーは、神界の奥底にある次元の亀裂を一瞬で修復した。

神界は、かつての姿を寸分の狂いもなく取り戻した。

神々も本来の姿に戻り、啞然として周囲を見渡した。

人界と空世は表立った変化は見られなかったが、穏やかなエナジーがそれらの世界も温かくおし包んでいった。

サナヤは、
絶対神マナイとなった。

その体は、もはや生身ではなく、バハラードの大気とエナジーで構成された、神よりも更に高度な物質に造り変えられた。

だが、その美しい容姿はサナヤそのままだった。

ほんの一瞬で混沌たる神界を元に戻した絶対神は、凄まじい疲労感に身を泳がせていた。

〝よくやった。
マナイよ。
感謝する…ぞ。
我が子よ――〟

ババラードの念が再びマナイ神の脳裏に響いた。

〝そなたは、我が化身――。
神として形をなさしめたる者。
真（まこと）の慈悲を行うために顕れん――〟

ババラードの悲しみに満ちた念が更に続いた。

〝我は、神に非ず。

姿なき、形なき身ではこの世の災い、その苦悩を感じるも、救いの手を差しのべる術がなかった。
ただ、形なき眼（まなこ）より血の涙を流す日々であった…〟

〝ババラード…様〟
そうだったのか。
大気であるゆえに今生界に救いの手を差しのべられなかった。
具現化して、絶対神という形を成してこそ、救済を果たすことができたのだ。
〝よくぞ、我が与えし試練に打ち勝ち、絶対神として降臨してくれた。
感謝する。
感謝するぞ。
マナイ神…〟
ババラードの念が次第に弱まってゆく。

〝バハラード様っ。

お気を確かに！〟

マナイ神は、必死に呼びかけた。

〝我らは、同時には存在できぬ。

我はこれより眠りに就かん。

後は頼む…。

絶対神よ――〟

マナイ神は涙ながらにバハラードに手を差しのべるが、もはやその存在は捉えられなかった。

〝音瀬の民――。

先ほどの所業、許したまえ。

誠にすまなかった。

これからも、我が子を頼む〟

〝ミー、ミー。
ワカッタ、ワカッタ〟
〝イタクナイ。
ヘイキ、ヘイキ〟

かなりの痛手だったろうに、音瀬の民は明るくそう告げた。

〝ありがとう――。
心優しき民よ。
…さらば〟

〝バハラード様！〟

マナイ神が必死でその名を呼ぶも、もはや念は返らなかった。

ババラードの自我はマナイ神と引き換えに眠りに就いた。
〝ババラード。
我が親人（おやびと）よ…〟

マナイ神は、
身を伏せて
暫し、呻くように
泣いた…。

クヌギと闇蓬来の長は決闘に臨んだ。
彼らの闘いの火蓋は切られた。
その背後には、〝気〟が血走った眼を二人に向けていた。
〝気〟の暴走を長は咎めなかった。
制裁を受けて当然と覚悟していた〝気〟にとって、それは何よりの罰だった。
そして、彼らのアジトにキリコはいなかった。

彼らは、キリコを拉致などしていなかった。

自分の身勝手な暴走のせいで、一族を一時的にせよ、非常に傷つけてしまった。

最高神があそこまでの術を仕掛けてきたのは、彼も守るべき者達を必死で守ろうとした結果――。

だから、あの美しい神を恨んではいない。

だが、今の自分の立場は――。

直属の部下達からさえも、不信の眼差しを向けられている。

愛する妻は、依然行方不明――。表立って責められないことが、これほどまでに地獄であったとは。

〝気〟の心は、乱れに乱れていた。

ただ、今は償いではなく純粋に長の力になりたい、たとえ一族から永久に追放されたとしてもどんなことをしても、長をお守りしなければ――

その思いだけが〝気〟に平静を保たせていた――。

長は、その両手から烈火を放った。

一瞬でクヌギを焼き尽くさんばかりの勢いだった。

長は、最初から全力で闘いに臨んだ。

早く勝負をつけてしまいたかった。
最高神を苦しめたくなかった。
避けられぬ闘いならば、いち早く決着をつけてしまいたかった。
だが音瀬においても生身であるはずの最高神の姿を見失ってしまった。
（なに!?）
烈火は空しく空中で飛散した。当然最高神への直撃を予想していた。大いに慌てた。
更に、背後から凄まじい雷の攻撃を受けた。
轟音とともに長は体中がバラバラになるかと思う衝撃を受けた。
（は、速い！）
そう思った瞬間、クヌギはいきなり長の懐に飛び込んで来た。
その手には、黄金の柄の小刀が握られていた。
（それは――）
あの従神を苛んだ無数の小刀の一つだった。
クヌギはその中の一つを隠し持っていたのだ。
（やはり、見抜いていたのか――）
長は、苦笑した。

憎かった――。

いや、違う。

ひたすらに羨ましかった。

人界では無論のこと、この音瀬界においてもひたすらに思い合う二人の姿が―。

かつて神界一の美丈夫と称えられ、神々の間でも憧れの的であった自分―。

一族以外の美しい女神との愛――。

幸福の絶頂だった神界での日々――。

全ては、その神界の惨い仕打ちによって打ち砕かれた。

愛する女神は、自分の醜い姿を見ても変わらずに愛してくれた。

それなのに、追放された我々一族を追いかけた時に、不幸にも残っていた次元の裂け目に呑まれてしまった。

彼女を永遠に失ってしまった。

どれほど、神界と神々を憎んだことか――。

しかし、復讐しようにも彼らは再び大きく口を開いた裂け目から逃れるために、混沌化してしまった。

それゆえに、いかに神界からの命を受けているとはいえ、何の恨みもない最高神一族に憎しみをぶつけてしまった。
あの二人に対しても——。
確かに最高神一族の殲滅は、師の命令でもあった。
だが、長は羨望と嫉妬のあまり私情に走って汚い真似をした自らを恥じていた。
だから、〝気〟にいくら懇願されても総攻撃の命を下せなかったのだ。
「マケ…ヲ…」
突然、クヌギが何事かを口走った。
「甘い！」
長は、懐に飛び込み喉元に小刀を突きつけたクヌギを思い切り突き飛ばした。
長に比べれば、まるで子供のような細身のクヌギは呆れるほど遠方へと飛ばされた。
それにしても、手応えがなさすぎる。
いつもの最高神ではない。
だが、悠長に自らの疑問を詮索する暇は与えられなかった。
激しいダメージを受けたはずのクヌギが即座に接近してきた。
まるで何の攻撃も受けなかったかのように——。
「ク…」

先ほど受けた雷攻撃の痛手が長の背に黒焦げの火傷を残していた。

すぐには回復不能の痛手だった。

長の体が空中で揺らいだ。

「長～っ！」

〝気〟の闇蓬来は、無我夢中で長の前に立ちはだかった。

数名の一族の者が追従した。

「やめろ！

加勢はするなと命じたはずだ！」

長は厳しく制したが、彼らは動じなかった。

だが次の瞬間、彼らは音瀬の地に叩きつけられた。

(蛇封じ！)

蛇の性も司る最高神の高度な術だった。

叩きつけられた闇蓬来の一名につき一頭ずつ半透明の大蛇が巻き付いて、その動きを封じた。

その蛇は、最高神の念が蛇の性と連動して造り出されたものである。

主に防御に重きを置かれる蛇の性の中でも攻撃的な術といえた。

「ち、畜生〜っ！」

〝気〟の闇蓬来は悔しげに唇を噛んだ。

クヌギは、彼らを一瞥するとすぐに長に向かっていった。

今度は安易に接近せずに、間合いを取った。

そして、自分と長の周辺に水流でベール状の結界を張った。

決して他者にこの闘いの邪魔をさせまいとするかのごとく。

更に、まるで長の逃げ道を全て断つかのように。

(何なのだ？

いつもと違う)

長は、焦った。

明らかに今までの最高神の闘い方ではなかった。

一度は虚無界へと追いやったあの総力戦の時は、大技を仕掛けるためにクヌギは自らに防御術を施さなかった。

だからこそ、一族は復活が滞るほどの痛手を受けたが、生身の最高神に対して反撃は容易だった。

それゆえに一発の火炎では彼は一度〝死んだ〟のである。

今回は、その時とは明らかに違う――。

大技を連発するのは勿論、攻撃を避けるスピード、これはもはや人界神の域を遥かに越えている。尋常ではあり得ない光景が長の前で展開していたのである。

長は、自らの弱気を押し隠すように叫んだ。

「小賢しい！

そなたは、我には勝てぬ！」

長は、結界を破壊すべく全身からマグマを放出した。

激しく回転してクヌギを倒すべく火だるまとなって向かって来た。

「絶対冷波（ぜったいれいは）！」

クヌギは、長に水の性究極の術をかけた。

（そんな、馬鹿な！）

その術は生身の人界神であるクヌギには、絶対にかけられないものだった。

自らを凍結させ、その念波で相手を凍りつかせる――。

敵がいかなる高熱を発していようと、瞬時に冷凍化させてしまう。

だが、生身でこの術を用いれば術者自体が凍りついてしまい、術そのものが発動不能になるはずなのに――。

しかし、クヌギは凍結せずに平然と長に術をかけた。
長は無様に地上に転げ落ちた。
核の加護がなければ、長の体は粉々に砕け散っていただろう。
(防御術を用いれば、この高度な術はかけられない。
容量を越えてしまう。
人界神は、技術はあってもこの究極奥義は使えない——。
それなのに何故?)
全身の狂おしい痛みに耐えながら、長は疑問に思った。
全く、勝負にならなかった。
ほんの僅かな時間で勝敗は決した。
クヌギは、ゆっくりと大地に降り立った。
横たわる長を冷ややかな目で見つめ、口を開いた。
「マケヲ、ミトメロ。
ミトメルンダ」
「…」
長が沈黙していると、クヌギは例の小刀を長の喉元に再び押し当てた。

「マケヲ…ミトメロ。
コレガサイゴダ。
マケヲ、ミトメロ」
「長…」
蛇封じに囚われた〝気〟と一族の者達が、すがらんばかりに長を呼んだ。
長は全てを諦めたように告げた。
「…判った。
私の負けだ」
長はようやく敗北を認めた。
次の瞬間、
クヌギに異変が生じた。
「ピキーッ！
ピキキーッ。
ピキーッ！」
まるで機械が軋むような声をあげて、クヌギは体を激しく前後にねじ曲げた。
「貴様！

最高神ではないな。
何者だ⁉」
長はよろめきながら起き上がった。
「クヌギ――。
ク、ヌ、ギ。
ゴメン、ムリ。
モウ、ムリ。
ゴメ…ン」
〝クヌギ〟はそう言うと、あっという間にマスコット人形の大きさに縮んだ。
唖然とする長を尻目にこそこそと岩場に隠れた。
「そなた…、
そなたは音瀬の長か⁉
どういうことだ。
今の今まで私が闘っていたのは今上最高神シュナク・サーレではなかったのか⁉」
〝その通りだ。
いや、音瀬の長を依り代にして闘っていたのは紛れもなく俺だ〟

クヌギは続けた。

〝闇蓬来の長よ、そなたは負けを認めた。

それは、厳然たる事実――〟

「何故だ⁉

どうしてこの場に姿も見せずに私に念で語りかけてくるのだ？」

長は、周囲をグルリと見渡した。

その瞬間、荒野に目映い閃光が走った。

凄まじい爆音とともに、荒野の中央に白い道が出現した。

闇蓬来の一族は蛇封じを解かれた者達も含めて、怒涛の地響きの煽りを受けて倒れ伏した。

〝おお！

絶対神様…。

御降臨あそばされましたか。

やはり、貴方様は私が愛した方――。

私ごとき者の思いにも、見事にお応えくださった…〟

クヌギの〝声〟は感涙にむせんでいた。

〝何だ？
一体、何が起こったというのだ？〟
長も念でクヌギに問いかけた。
〝喜べ！
皆の者！
たった今、神界は甦った。
元の姿に戻ったのだ。
そして、神界への道が開かれたのだ！〟
〝何を血迷った⁉
シュナク・サーレ！
あの混沌化した神界が容易に甦るはずがなかろう‼
まして、神界への道とは――。
そなた、一体何を言っているのだ⁉〟
状況が掴めずに長は混乱しながら最高神に矢継ぎ早に問いかけた。
〝チッ！
判んねえ奴だな。

絶対神マナイ様がこの音瀬界に御降臨あそばされたのだ。
そして、同時に次元の裂け目を修復なさり神界を元に戻してくださった。
そして、お前達が渡る道を開いてくださったのだ。
目の前にその白い道があるだろうが!!〟
長は、驚愕と畏怖の念に晒されて膝を折った。
〝絶対神様が…。
御降臨あそばされた――。
そんな、そんな、伝説の神とばかり思っていたのに――〟
〝もう一つ驚かせてやろうか。マナイ神様は、ずっと俺達の側にいらしたのだ。
あの従神とされていたサナヤ…様こそが絶対神様の仮のお姿だったのだ〟
〝な、何と!
それでは、私は絶対神様にあのような非道な真似を――〟
長は、全身を震わせて恐怖におののいた。
〝お前は確かに許されない真似をした。
だがな、俺だって似たようなものだ。
お前さんとは全く違う形で、ずっとあの方を苦しめてしまった。

それにあの方は、あれくらいのことでお前やお前の一族を恨んだりするお方ではない。
そんな狭量な方だったら、絶対神様として御降臨あそばされるわけがないのだ〟
〝しかし…〟
その時、闇蓬来の長は気づいた。
何故、最高神は音瀬の長を依り代として用いたのだ。
どうしてそんな必要がある？
何より、何故にその姿を現そうとはしないのか。
〝シュナク・サーレ！
そなたは、そなたはどこにいるのだ？
姿を見せよ！〟
〝そう、お前さんが言うのを待っていたよ〟
荒野の外れにある岩場から、
〝それ〟は姿を現した。
這いずり出て来た。
深緑色の巨大なアメーバ状のもの。もはや、生物の形態をなしてはいない。

〝それ〟は闇蓬来の長とその一族の前で動きを止めた。
長は青ざめて、〝それ〟を見た。
〝そなた、
そなたがシュナク・サーレだというのか。まさか!?〟
〝ああ、そのまさかだよ。
俺は型代（かたしろ）を外した。こうでもしなければ、とてもじゃないがお前さん
には勝てなかったからな。
音瀬の長にも迷惑をかけた。
もう少し頑張ってもらいたかったが、仕方ないか。
長、ごめんな。
ありがとう〟
自らの型代を外す――。
それが何を意味するか――。
二度とあの美神に戻れず、自らを混沌に還す――即ち生きながらにして生物として
の機能を全て放棄する。
神界が行った所業を個体のレベルで実行したのだ。

しかも、神界への道が開かれたから…神界が元に戻ったから我々に神界へ帰れと告げている。

〝シュナク・サーレ様。貴方は…

貴方様は――〟

最高神の真意を悟った長は、フジツボ状の硬く強張った顔を歪めて涙を流した。

〝貴方様は、我々を救うためにそのようなお姿に――。

何故、何故なのですか？

あれほどまでに惨い仕打ちをした私めに――。

この姿のままに醜い悪鬼と化した我らに――。

お教えください。

シュナク・サーレ様〟

〝シュ・レンカから全てを聞き出したのだ。

最初の非は神界の神々にある――。

一途に務めを果たしたそなた達を見捨てた挙げ句に追放するとは――。

もし、俺がそなた達と同じ目に遭ったら、やはり戦いを挑んだだろう。

だから、もういい――。

ただ、お前達に虚無界に送られた俺の一族も間もなく甦って来るだろう。
彼らも神界の命令に従ったまでのこと――。
彼らには謝罪してくれ。
そして、神界で昔のように平穏に暮らしてくれ〟
最高神の念は、闇蓬来一族全ての者に伝わった。
一族の殆ど全ては、長と共に号泣した。
〝負けました。
全てにおいて我々の負けであります。
しかし、これほどまでに心安らかに負けを認められたのは初めてでございます。
シュナク・サーレ様、
私が一番に貴方様を神界にお連れ致します〟
クヌギは慌てた。
〝それは…無理だ。
気持ちはありがたいが――。
俺が神界に渡ったら、神界は俺を床（とこ）にして再び混沌に戻ってしまう。
せっかく絶対神様が全身全霊をおかけになって戻した神界だ。

だから、俺は神界へは行けないんだ〟

〝シュナク・サーレ様、ならば、私めもここにおりまする。どうして貴方様お一人をここへ残しておかれましょうか〟

〝もういい加減にしろよ！

俺は、お前達を神界へ帰らせるために型代を外したんだ。お前が残ると言えば、一族皆動かないぞ。お前達は、俺の分まで神界で生きろ。今までの経緯は忘れて、生き直してくれ〟

長は、ひれ伏したまま答えた。

〝シュナク・サーレ様。判りました。

負けた我々は貴方様の命令に従わなければなりません。必ずや貴方様を神界にお迎えする術を得て戻って参ります。それまで暫しの間お待ちくださいませ〟

〝ああ、気長に待っているよ〟

〝私は、神界では守護神として生きて参りました。名をシュ・セルガート、通称――シュ・セルガと申します〟

〝いい名前だな。
そなた達も神界へ戻っても、まだ試練が続くだろうが――それに耐えて生きていけよ〟
クヌギがそう念を送った刹那――
突然、〝気〟の背後から黒くおどろおどろしい人型（ひとがた）が出現した。
どす黒い靄のようなそれは、音瀬の空高く舞い上がった。
〝シュ…！〟
シュ・セルガは、その者の名を呼ぼうとして慌てて口をつぐんだ。
そして一族にもその名を呼ぶのを念で即座に禁じた。
人型の靄は自らも名乗らなかった。
だが、クヌギはその者が真の長であるのを悟った。
〝そうか――。
あんたが黒幕か〟
闇蓬来の不死身を司った神――。
凄まじい念波でクヌギの念を払い除けて来る。
だから、クヌギにもその神の正体は見抜けなかった。

（いるんだよな――。
どこにでもこういうひねくれ者が）
クヌギは、守護神一族に神界への道を進むように命じた。
〝こいつは、俺が何とかする――。
だからそなた達は道を渡れ!!〟
〝シュ、シュナク・サーレ様っ〟
シュ・セルガは、ためらったが最高神の命令に従い道を渡った。
一族も後に続く。
〝あんたがいてくれて助かったぜ！
これで俺も心おきなく――
消えられる！〟
深緑色の体をへこませてクヌギは身構えた。
こいつのパワーはとてつもないものだ。
あっさりと自分を消し去ってくれる――。
最高神は、そう思ったのだが――。

神界への道を渡る元闇蓬来の〝気〟は、自らの胸に湧き出た疑問と葛藤していた。

まさか、自分の内部に〝あの方〟がいらしていたとは――。

やはり己の体質ゆえに乗り移られたのだろうか。

いや、もうそれはいい。

今更、考えてもどうにもならないことだ。

それより、あの最高神という方は何故、あのような真似をなさったのだろう。判らない。

自分の浅はかな思考では、到底理解できない。最初に闘った時に、いかに恩師を利用しようとしたからとはいえ憎悪を剥き出しにしてきた最高神――。

以来、心底闇蓬来を憎み、人界でも音瀬界でも全力を尽くして戦いを挑んできた。

その彼が、我々が同じ神族であり神界の理不尽な仕打ちを受けて敵になったと知っただけで我々を許した。

しかも自らを崩壊させてまで、神界への道を開いてくれるとは…。

自分が最高神の立場だったら、今までの憎しみの大きさに負けてここまで敵に尽くすわけがない。

今までの失態を思い、遠慮がちにおずおずと神界への道の最後尾を渡りながら〝気〟は自問自答していた。

その時、いきなり背中を思い切り叩かれて〝気〟は驚いて振り返った。

「あ・な・た」

キリコだった。こまっしゃくれた妻の笑顔が彼の目に飛び込んできた。

「キリコーッ！

お前、無事だったのか!?」

〝気〟は喜びのあまり一瞬、卒倒しかけた。

だが次の瞬間には、小柄な妻をその胸いっぱいに抱き締めていた。

周囲の神々もキリコを認め、二人を取り囲んだ。遥か前方にいたシュ・セルガも喜びの念を送った。

「お前、お前――。今までどこにいたのだ？

ずっと捜していたんだぞ。

全く心配させやがって」

「人界よ。

私、ずっと人界で暮らしていたの。

でも、ほんの少し前に私の前に白い道が開けて――。

急いで渡って来たら貴方に、皆なに会えたのよ」

「人界？　人界にいたのか。

どうしてお前だけ無事に人界に戻られたんだ？」

キリコは、突然涙目になって音瀬界の方向を見つめた。

「最高神様が…。私があの空間に呑まれた時に真っ先に駆けつけてくださって、蛇防御をかけてくださったの。ご自分にかければ人界へ戻られたのに。

私にかけてくださったのよ。

だから私は蛇防御に守られて人界に戻られたのよ。

あの方は――いつもそうなのよ。目の前に助けを求める者がいれば、自分を捨てても救ってくださる方なのよ」

「キリコ――」

「人界に戻れたけど、あのお三方も一族も全てあの空間に呑まれてしまって行方知れず。

念を送ろうにも送りようがなかった。

だから私は皆なから連絡が来るまで待つしかなかった。

長かった、本当に長かったわよ」

夫の胸にすがってキリコは泣き崩れた。

「最高神…様」

〝気〟はクヌギにキリコの行方を詰問した時を思い出した。

何とも言えない妙におどおどした態度にみえた。

それが疚しさゆえのものだと自分は誤解した。

違うのだ。

必死で蛇防御をかけたが、その結果が判らなかった。

最高神自身としてはあの時最善を尽くしていた――しかし、それを明白にひけらかす方ではなかった。

彼女にかけた術が吉と出たか否か確かめられなかったから不安げな態度だったのだ。

それを私は――、卑しい心根で邪推した。

キリコが裏切り者だから、彼女を捕らえて虐待しているのではないかと――。

〝気〟は自らの心がすっかり闇に埋もれていたと認めざるを得なかった。

（あの方は、理屈だの倫理だのという戯れ言は一切考えないのだ。

まず体が動く。

心が前に進み出る――。

自らの保身は考慮に入れず、目の前にいる助けを必要としている者達に御自身の力の全てを尽くしてくださる方なのだ。

だからこそ――

我々に心底同情してシュ・セルガ様と慈悲を以て闘ってくださったのだ。

どうあっても勝利するために、自らの型代を外すという最大の禁忌を犯してまで――)

〝ジュナク・サーレ様。お許しください。

貴方様のいと高きお心を知ろうともせずに――。誠に申し訳ありませんでした。

神界にて我々は全てをかけて貴方様を元に戻す術をあみだし、貴方様を神界の王としてお迎えに参ります。

それまで暫しお待ちくださいぃ〟

〝気〟の性の神シュ・セラトとその妻はひれ伏してそう告げた。

やがて、主の命令に従うべく神界への道を歩み始めた。

マカゲは、空転車を音瀬の外れの荒野へと急がせた。

サナヤと別れてから必死でクヌギと闇蓬来の行方を探した。

そして、音瀬の一番外れに大きな気のうねりを感じ取った。

（おそらくは――そこにいる）

そう思った瞬間、とてつもない目映い光がその方向に走るのを認めた。

それは、絶対神が開いた神界への道が通じた証だった。

マカゲには詳しいことは判らなかったが、彼は悟った。

（やったな！

サナヤ、見事に絶対神マナイ様になられたか――）

マカゲは、我がことのように喜んだ。

マナイ神の降臨と同時に神界が甦り、バハラード全体の歪みが是正されてゆく。

これで、闇蓬来との不毛な戦いもクヌギの尽力次第で、終結を迎えられるのではないか。

そのためにクヌギは自分と今はマナイ神となられたサナヤと別れて、闇蓬来に立ち向かって行ったのだ。

だが、さっき一方的に別れて行ったクヌギの言葉が気にかかる。まるで今生の別れのような言動だった──。

不安な気持ちを抱きつつ、マカゲは荒野へと辿り着いた。

そこで、マカゲは岩影に隠れたプヨプヨとしたアメーバ状の物体を発見した。

気配を消していたが、マカゲは即座にその存在を見抜いた。

物体はおずおずと念で語りかけて来た。

〝マ…カゲさん〟

〝お前…クヌギなのか?〟

眼前に横たわる異形の物体は、本当にあのクヌギなのか?

〝見られちまったな。

アハハ…ハハ。

俺、型代を外したんだ〟

〝クヌギ!〟

〝覚悟はしてたんだ。

けど…ここまでだったとは…な〟

深緑色をしたアメーバ状の不気味な物体は、もはやどの世界においても受け入れられはしないだろう。

少なくとも生き物としては、決して認められない様相を呈していた。

〝型代（生身の体）を保っていれば、防御術をかけて体を守らなければならない。だから、長に勝つにはこうするしかなかった〟

物体は、戦慄（わなな）くようにうごめいた。

まるで子供が泣くように。

〝でも、これで良かったんだ。

彼らは俺の気持ちを判ってくれた。

絶対神様も御降臨あそばされて神界を甦らせてくださった。

神界への道も開かれた。

彼らは救われたんだ。

今、神界への道を渡っている。たった一人のひねくれ者を除いてな〟

マカゲは、〝物体〟に駆け寄るとその一部を掬い上げて力一杯抱きしめた。

〝馬鹿野郎…。この大馬鹿野郎――！〟

〝痛てえよ、
オッサン――〟

クヌギは闇蓬来が実は神界の犠牲者だったとマカゲに話した。

マカゲがサナヤと話し合いしていた時に、まさにクヌギは闘っていたのだ。

音瀬の長を依り代にして――。

闇蓬来を滅ぼすためではなく、
救うために――。

〝マカゲさん、頼みがあるんだ。俺をその空転車に乗せてくれないか。

さっき言ったひねくれ者の方をつけなくちゃならないんだ。

そいつ、出てきたらあっという間にとんずらしやがって。

行方が判らないんだ。

音瀬の長はもう限界で依り代にはなってもらえない。

だから、俺は直接そいつに会って神界へ行くように説得しなけりゃならない。どうしても駄目なら別の手を使わなければだし〟

別の手――即ち、〝滅びの技〟。

相手を完全に消滅させられるが、同時に自分も消滅してしまう、今上最高神のみが用いられる究極の技。

クヌギは、闇蓬来の黒幕を消滅させたいわけではなく、自らが消え去りたいがためにその技を用いようとしている。

マカゲにはクヌギのその目論見が手に取るように判った。
〝ブッブッー！　無理だ。
お前、広がり過ぎ。
乗せられるわけがないだろう。
無茶言うな〟
〝そうか。
まあ、そうだよな。
チッ！　ここまで来て――〟
クヌギが考えあぐねていると、マカゲがこう切り出した。
〝俺が代わりに行って、そいつを説得するなり倒すなりしてきてやる〟
クヌギは焦った。
〝無茶を言うなよ。
相手は闇蓬来、いや守護神一族を不死身にしてきた〈核〉を司る神だぜ〟
クヌギは緑色の体を捩らせて続けた。
〝それに、オッサンには攻撃力がないじゃないか！
どうやって不死身のあいつを倒すんだよ？〟

〝確かに俺には攻撃力はないが、こいつにはある！〟
マカゲは、空転車に乗り込むと呪文を唱えた。
すると、忽ち空転車は熱気を帯びてマカゲを乗せたまま火だるまになった。
〝オッサン!!〟
クヌギが驚いてマカゲを呼ぶと、彼は空転車の上から元気に手を振った。
〝大丈夫だ。
この火は俺には影響しない。
これで一気に突撃してやるぜ！〟
〝すげえなあ。でも、やっぱり駄目だ。
奴はとてつもない力を持っている。
オッサンに任せるわけにはいかない〟
〝もう！
いちいちうるさいな。
じゃあこうしよう。
お前、俺に蛇防御をかけられるか？
ほら、闇蓬来だった彼らが一斉攻撃をかけてきた時に俺にかけてくれただろ〟

〝蛇防御？

ああ、あと一回ぐらいなら何とか。

俺もさっきの闘いでヘトヘトなんだけど、オッサンになら何とかかけられる――〟

〝じゃあ、頼む。空転車が攻撃するんだから、俺にかけても問題はないはずだ〟

〝――判ったよ。じゃあ、とりあえずかける〟

クヌギは、マカゲの願いを聞き入れた。

呪文を唱え、アメーバ状の体から術をマカゲに送った。

マカゲは、蛇防御の術を受け取るとそのまま一気にクヌギにかけ返した。

クヌギの体全体に蛇防御の青い念波が広がって行った。

〝な、何しやがんだ!?

オッサン！〟

〝やーい、引っ掛かってやがんの。

お前、自分の気配を消して誰にも見つからないようにしてただろ。

さっき、そうしていたもんな。残念ながら、音瀬の万能者である俺様にはあっさりばれちまったがな。

これでもう、お前は逃げも隠れもできないぜ。

その青い光で誰にでも居場所が判る〟
クヌギは、乱暴に体を揺らして何とか青い念波を払い落とそうとしたが、無駄だった。
〝桜の野郎は、俺に任せろ。
そいつはそいつなりに考えて神界へ渡るのを拒んだんだ。
とにかく、俺が何とかする。
任せとけ〟
マカゲは空転車に乗ったまま、そう告げると一気に上空へと駆け上がった。
〝馬鹿ーっ。
この大嘘つきーっ!!〟
クヌギの罵声の念を感じながら、マカゲはその場を立ち去った。

（全く…どいつもこいつも――）
我が身を削ってクヌギの依り代となった音瀬の長。
自らの型代を外して、敵を救うために闘ったクヌギ――。
馬鹿のオンパレードか!!

でも、何て小気味良く潔（いさぎよ）い、美しい奴らだ。

やがて、マカゲは核を司る神の姿を見いだした。

「核よ！」

マカゲは声を出して問いかけた。

「何故、お前は最高神の慈悲を受け入れないのだ⁉」

〝核〟は苦しげに呻いた。

否、それは呻きではなかった。

〝核〟は啜り泣いていた。

〝何故、何故そなたは我が思いを判ろうとはしない⁉〟

〝核〟は弱々しく嘆き続けた。

〝…そなたは我が身より生まれ出た者なのに、何ゆえにそこまで我に逆らうのだ〟

嘆きの主は〝核〟そのものではなかった。

マカゲは、その正体を電撃を受けたごとく突然に悟った。

「あんたは…あんたは行方知れずの――」

〝核〟は渦巻きながら、地の底から絞り出されたようにうねった。

「シュナク・バズーラ！」

〝その通り。
我はシュナク・バズーラ
ババラード創生と時を同じくして生まれた最古の神。
永く神界の王として君臨した最強、最高の大神。異界の神ゾアナと共に多くの最高
神一族を生み出した神。
しかし、次元の裂け目修復の旅で行方知れずになった。
「馬鹿…馬鹿野郎。
あんた、こんな所で何をやっているんだよ！
あんたは…あんたは…」
マカゲの声は涙まじりになった。
「あんた、クヌギの親だろう！」
「クヌギ？
ああ、シュナク・サーレの人界での名か」
「闇蓬来の黒幕は、あんただったのか!?」
〝…〟
神は、答えなかった。

代わりに凄まじい敵意をマカゲに向けた。

〝我が浅ましき姿、見られたからにはそなたを滅ぼさねばならぬ。覚悟せよ！〟

「そう来たか！

なら俺も遠慮はしない。

やってやろうじゃないか‼」

マカゲは身構えた。

実はもう限界に近い体の節々が悲鳴をあげた。

（もう少し待ってくれ。

もう少し——）

マカゲはそう念じながら、空転車を〝神〟にめがけて走らせた。おどろおどろしいうねりは人型となり、暗雲がマカゲを押し包まんとした。

その命を一瞬で滅ぼすために。

だが、マカゲはその攻撃をものともせずに一直線に〝神〟の源に突入した。

即ち、シュナク・バズーラの懐に。

「オオォーッ！」

マカゲの雄叫びとともに空転車は大神の急所を貫いた。
ほんの一瞬のことだった。
その手応えの確かさが、マカゲの胸に辛く響いた。
〝ありが…とう。
これで良い。
これで全てが
終わ…る〟
マカゲは、悲しげに大神を見つめた。
シュナク・バズーラは最初からマカゲに討たれるのを望んでいたのだ。
〝本来ならば、今上最高神の持つ滅びの技を受ければ良かったのかもしれぬ。
だが、あの技はその代償としてあの子をも滅ぼしてしまう。
だから、私は即座にあの子から離れるしかなかった。
あの子を消滅させるわけにはいかん。
それでなくとも私は愛しき子らを何人も闇に葬って来たのだ。幸いにもその子らは
絶対神様のお慈悲によりてやがて甦るであろうが…〟
「シュナク・バズーラ…」

〝そなたは、最高神ゆかりの者だな〟
マカゲは、黙って頷いた。
シュナク・バズーラは崩れ行く体を必死で止めおきながら、マカゲを見つめた。
やがて、意を決して語り始めた。
〝あの子は、ゾアナに似ている…〟
あの子とはクヌギを指しているのだろう。
いつしかマカゲも念で応対するようになった。
シュナク・バズーラは呻くような念を発した。
〝生き写しだ。私が愛したあの神に。
もっと早くに気づくべきだった。
いや、とうに気づいていた。
それなのに私は己の卑しい邪念に捉えられて我が子らを葬り去って来た〟
〝シュナク・バズーラ…〟
〝人界と空世は神々が創造したのではない〟
〝何だって!?〟
マカゲは驚きを隠せなかった。

〝神界は、古代神が守護神一族を追放した後に再び次元の亀裂に襲われた。

今度こそそのままにしていたら神界は裂け目に呑まれて消滅するしかなかった。

それを逃れるためには混沌に還るしかなかった。人界も空世も創造しないままにだ。

あの二つの世界を創造したのは、ゾアナとバハラードの〈気〉だ。

ゾアナが己の力をふり絞って〈気〉を一時的に神の型に具現化させた。

その〈気〉が二つの世界を創造した。

何故か？

混沌の世界では、まだ固定化していない我らの子は存在できなかったからだ。

混沌そのものに戻ってしまう。

ゆえに、新たな人界という世界を創造し、そこで成長させることにした。

神界がいずれ甦った時に、私の一族として—王族として成り立つようにゾアナが〈気〉に依頼したのだ〟

〝……〟

シュナク・バズーラは続けた。

〝人界は、神界に似ているが、決定的な違いがある。

子をなして続く世であること——。人は老いて人界から去るが、再び人界に生まれ変わる――。

そのための根の倉庫としての空世も創造した。

人が転生して永遠に生き続ける世界――。

ゾアナはそうした世界を造りあげたのだ〟

シュナク・バズーラは続けた。

〝空世には、別の役割もあった。

人界を転生界にするためと、我が子達をそこで順番に人界神として人界に送り出す倉としての場所だ。

神として降臨して後に、ある目的を果たさせるために――〟

〝それが――〟

マカゲはその時、全てを悟った。

〝追放された守護神一族を人界に迎え、神界の仕打ちを詫びて救済しようと〟

〝そう、ゾアナは守護神一族も、神界が甦るまで人界で安らかに過ごせるようにと考えていた。

だが――私は…〟

シュナク・バズーラの深い慟哭が音瀬界に鳴り響いた。

〝最初を間違えた。

私は守護神一族とはぐれてしまい、長い間次元の間（はざま）をさすらっていた。やっとの思いで混沌化した神界に辿り着いたが、そこにはゾアナと具現化したババラードの〈気〉がいた。

私は…愚かにもゾアナが私を捨てて新しき神に走ったと誤解した。

長年の放浪で私は疲弊しきっていた。

更に唯一自我を保っていたシュ・レンカに嘘を吹き込まれて、私は怒りで我を忘れた。

今更、シュ・レンカを責める気はない。

まさか、私を愛していたとは考えもしなかったから。

全ては私の長としての至らなさから出たことだった〟

またひとしきり慟哭が続いた。

〝それからの私は、狂気に走った。

ゾアナへの憎しみが私を完全に狂わせていた。最高神一族が我が子であるのを知りながら、降臨した子らを次々に葬り去って行った。

私を師と慕い、自らを闇に堕としてまで尽くしてくれた守護神一族に〈核〉の力を与えて、我が子らを倒すように命じた。

やむなく、最高神一族も降臨した後は闇蓬来となった彼らと戦わざるを得なくなった。

ゾアナは、とうに異界の神でありながらバハラードに干渉した科（とが）で立ち去り、〈気〉は元のバハラードに還ってしまった。

止める者は誰もいなかった。

神界の神々は、己が非道を最高神一族に伝えるのを憚った。

唯一、混沌化を免れたシュ・レンカはその真意を汲み、偽りの知識と情報を最高神一族に与え続けた。

不毛な戦いが…永年続いた。

だが、愚かな私もやがて目が覚めた。

ゾアナの真意に気づき、己の非を悟った。

しかし、時既に遅く、再生を司る私の能力〝核〟は私の手を離れ限りなく暴走していった。

私の意思も届かぬ独立した個体になってしまった。

かつて私が煽った思いそのままに猛り狂っていった。

私はやがて〈核〉に呑み込まれ〈核〉そのものになって生き地獄を味わい続けて来た——。

そなた達が人界そして音瀬界に来て、あの子が身を捨ててシュ・セルガと闘い説得してくれた時に、私はあらん限りの力をふり絞って〈核〉と分離した。

そして〈核〉と共にここまで逃れて来たのだ〟

〝ジュナク・バズーラ様…〟

マカゲは、初めて神界の大神に尊称をつけた。

〝絶対神は、所謂（いわゆる）神々の中で語られていた願望だった。

神々においても己より偉大な存在にすがりたい思いが生み出した拠り所…まさに伝説だったのだ。

ゾアナは、桁外れの力を持ち合わせた神だった。

ゾアナはバハラードの〈気〉にこう告げた。

「いずれ、貴方に瓜二つの神が降臨する——。

その神が貴方の与える試練に打ち勝てば絶対神となり、このバハラード全てに奇跡をもたらすであろう」と——。

私との子を守るため、新たに創った人界と空世、そして神界をも守り復活させるために、バハラードの大気と自らの力を合致させて伝説にすぎなかった絶対神をも創造していった。

私は、正気に戻った時に、ゾアナが残しておいてくれた〈根〉を紐解いてこのことを知った。

そして今、絶対神様は見事に降臨なされた。

私が虚無界へと追いやってしまった我が子らも目覚めて、神界へと旅立たん。これら全て絶対神様の慈悲の賜物である。

どれほどの感謝の言葉を尽くしても我が感謝の念は伝え切れまい――。

これで、全てを語った。

我が一族ゆかりの者よ。

そなたによって私も救われた。

ありがとう、本当にありが…とう〟

〝私もようやく判った気が致します。

何故あの方々の許に私が遣わされたかが――〟

マカゲはそう念じて微笑んだ。

〝皮肉なものだ――。

あれほどまでに我が意のままにならなかった〈核〉が――
今は、我が意志と共にある――〟
シュナク・バズーラは悲しげにマカゲに問いかけた。
〝バハラードにおける禁忌――
自ら型代を外してしまったあの子はどうなる？　よもやあのまま永遠に音瀬をさま
ようしかないのであろうか？〟
〝ご安心ください。
シュナク・バズーラ様。
あの方にこそ、絶対神様がついておいでです〟
シュナク・バズーラは安堵した。
〝そうか…。
それならばもう思い残すことは何もない〟
〝シュナク・バズーラ様…〟
〝我らは、ここで潰える。
〈核〉も同意してくれた。
最期に――永年にわたり、私の歪んだ心の道連れにしてしまった守護神一族――。

彼らも私にとっては愛しき我が子達である。

その子らを救うために我らの全てを捧げん――〟

シュナク・バズーラは靄のように全身を巨大化させた。

その姿は、人型ではあるが、男女の判別はつけ難い。

シュナク・バズーラは複合神である。

限りなき慈悲に満ちた神は、音瀬の大気に同化して消え去った。

〝そなたの恩に報えず、そなたを救えぬ私を許して欲しい〟

それが最後の念だった。

〝判っております。

判っておりますとも。

そのお気持ちだけで充分であります。

私ごときに最後の思いを遣ってくださった。

それだけでもう充分に報われております〟

マカゲは、空転車に身を伏せて暫く啜り泣いた。そして、最後の力をふり絞って絶対神の許へと空転車を走らせた。

（あれ？　俺、何で泣いているんだろう？

何か訳もなく悲しくなって…きた。

どうしたんだろう？　俺）

まるで泉を掘り当てたみたいに後から後から涙が溢れ出てくる。

もう涙を流す目もないのに。

まるで片方の体を千切られたように体が辛い。

今更、この体を嘆くわけでもないのに。

（俺、何故泣いているんだろう？）

クヌギは、不思議に思いながら泣き続けていた。

たとえ、人界に置き去りにされたとはいえ、内心あれだけ会いたがっていた親の一人がたった今、消滅したのを知らないままに。


神界への白き道を渡る守護神一族の心は重かった。

我が身を崩してまで尽くしてくれた最高神を音瀬に残して自分達だけが神界に渡る申し訳なさもあったが、同時にこのふた目と見られぬ醜い姿のまま神界に戻っても、再び神界の神々に疎まれるのではないかという思いがあったからである。

自分達は、最高神の心に応えるためにもどんな仕打ちをされても和解する気持ちであったが、神界の神々がまた受け入れてくれないのではと懸念していたのだ。

だが、そんな重い足取りの彼らが歩む道の上空に、一条の明るい光が射し込んだ。

光は、あっという間にその数を増やし、金色の暖かい光の粒が無数に舞い降りて来た。

それらは、守護神一族を押し包んだ。

最初はひりつく鋭い痛みを彼らは感じた。

だが、程なく光に包まれた守護神一族は一人残らずかつての美しい神々の姿に戻っていた。

一族は狂喜乱舞した。

ただ一人、シュ・セルガだけが、シュナク・バズーラの散華によって顕れた奇跡であるのを悟り、深々とひれ伏して——

涙した。

マカゲは、辛うじてマナイ神の許に辿り着いた。

マナイ神は、屋敷の中庭に座り込んでいた。

「マカゲさん！」

疲労困憊のマナイ神をマカゲは見いだした。

マカゲの体ももはや限界だった。

マカゲは、必死の思いで具現化させていた空転車を維持できなくなった。

空転車はかき消えた。

マカゲは空中から真っ逆さまに転落した。

間一髪、マナイ神が放った白い防御ベールがマカゲを優しく押し包み、地上にそっと横たえた。

「マカゲさん、大丈夫ですか？」

マナイ神は、マカゲに駆け寄りその体を抱き起した。

絶対神となって初めてマナイ神はマカゲの体に触れた。

マナイ神はありとあらゆる物質の本質を見抜く能力を持っている。

「！」

マナイ神は、マカゲの正体を悟った。

「マカゲさん、貴方は!!」

「ハ、ハハハ…。ばれちゃいましたか。私の正体――。

いえ、そんなことはどうでもいいのです。マナイ神様、ご報告にあがりました。

マナイ神様のお力で神界への道が開かれました。

闇蓬来であった神々も、その道を渡っておられます。

ただ、神々と共にいらしたシュナク・バズーラ様は、慈悲を賜るために散華なさいました」

マナイ神は痛ましげに顔を伏せた。

「我が親人バハラードと時を同じくして生まれ出し大神――。一度はお目にかかりたかった」

マカゲは注進を続けた。

「そして、守護神一族の長と闘われたシュナク・サーレ様は…。あの馬鹿――。

…すいません。

あの方は型代を外してしまわれました」

「何ですって⁉」

「愚かな方です。防御をかけずに守護神一族の長に勝つにはそれしかないと考えられたのでしょう。

それもありますが、長年の怨念に終止符を打つには、自らも彼らと同じ痛みをと思われたのではないでしょうか。

少なくとも、私はそう思います」

「マカゲ…さん」

「お願い致します！

絶対神様。

愚かかもしれませんが、クヌギは真（まこと）の聖神です。

己を捨てて、闇に堕ちた者達に慈悲を与えました。

どうかあいつを…あの方をお救いください！」

「判りました。

やりましょう。ですが、マカゲさん、貴方はどうなさるおつもりなのですか？」

「私のことはお構いなく…」

「しかし…」

「いいと言っているでしょう！　あまりしつこいと怒りますよ！」

マナイ神はためらったが、今はマカゲの願いを優先すべきだと判断した。

何より彼が一番にクヌギの救出を望んでいるのだから。

「行きましょう！　私の全てをかけて、全力を尽くして最高神を元の姿に戻します。そして必ずや貴方の許へ帰って参ります！

マカゲさん、待っていらしてください」

マカゲは返事の代わりに大きく頷いた。

「空転車！」

マナイ神は、右手を捻って空転車を具現化させた。

「私もマカゲさんのようにこの世界で物質を具現化できるようになりました」

マナイ神は、微笑んだ。

マナイ神は空転車に乗り込み離陸した。

その上空に、小さく縮んだクヌギの姿の音瀬の長がしょんぼりとした様子で浮かんでいた。

「長…。貴方が最高神の依代になってくださったのですね」

長は小さく頷いたが、悲しげな表情でマナイ神を見つめた。

おそらく、依代として最後までその役目を果たせなかったことを悔いているのだろう。

「いらっしゃい」

マナイ神は、長を優しく呼び寄せた。

そしてそこからは念で長に話しかけた。

〝貴方は本当によくやってくれました。最高神もきっと心より感謝しています〟

〝ホント、ホント？〟

〝勿論ですとも。私からもお礼を言わせてください。ありがとう、長――〟

〝ミー、ミー〟

マナイ神に抱き締められた小さな愛らしい〝クヌギ〟は喜びの声をあげた。
いつしか、マナイ神の周辺には音瀬の民もその身を寄せて来た。
〝貴方達も最高神の許へ行ってくださいますか？〟
〝イク、イク。
クヌギノトコヘイク〟
〝クヌギ、スキ、ダイスキ〟
長はマナイ神を案内するべく先陣を切って進んだ。
〝行ってやってくれ。
皆な。俺の代わりに〟
マカゲも彼らを促した。
〝マナイ神様。
お願いが…あります。
私を…あの洞窟に岩戸の側にやってください〟
マカゲは念でマナイ神に頼んだ。
マナイ神は切なげにマカゲを見つめた。
そして、一瞬で空間移動させた。

〝ありがとうございます。
ここで…待っています…から〟
マナイ神は、音瀬の長と民と共にクヌギの許へ空転車を飛ばした。
「頼んだぞ。
サナヤ…」
マカゲはそう呟いた。

マナイ神は、長に導かれるままに空転車を走らせた。
やがて、決戦の荒野に蛇防御の青いベールに包まれた最高神を見いだした。
――ここに、いらしたのですね――
マナイ神は深い念で優しくクヌギに語りかけた。
――マナイ神様…――
クヌギは型代を外した身を恥じ入るように縮めた。
――お笑いください。
この惨めな姿を。

どうぞ、このまま私を罰してください。

貴方様のお力をもって、この愚かで罪深き私めをお消しください――

――罪?

罪とは――貴方に何の罪があると仰るのですか?――

マナイ神は、心底不思議そうに問いかけた。

――先ほど、申し上げたではございませんか。

絶対神であらせられる貴方様を、事もあろうに長年にわたり従神として扱い、我が僕としての理不尽な振る舞い――それだけでも、私は消去されるべき存在でありま
す
マナイ神は微笑んで、頭を振った。

――それを仰るなら私の罪はどうなるのでしょうか。

ババハラードを統べる身でありながら、自身が何者であるかも悟れずに全ての責任を
貴方に背負わせてきた私は――

今まで一切の責任を放棄していた私こそ、最も罪深き存在ではありませんか――

マナイ神は、悪戯っ子のような微笑みを浮かべた。

――私は臆病者ですから、自身を罰することはできません。

従って貴方を罰する資格などあろうはずがないのです――

――マナイ神様、限りなき寛容なお心――

恐縮の極みであります。

ですが、私はもはや生ける屍同然の身の上――

どうか慈悲の念をもって私めをお消しください――

マナイ神は首を振った。

――私には意思ある者、まして清き心根を持つ者を消滅させる力などありません。

貴方の願いは叶えられません――

マナイ神は真顔になって、深緑色のクヌギの体に両手を差し入れた。

――自らを崩してまで、闇に堕ちた者達を救済した貴方こそが真の慈悲神であります――

――およしください。

私はそのような者ではございません。

今の私の思いは有り体に申せば後悔であります。

何故、このような愚かな真似をしたかと自らの愚かさを、ただただ呪うばかりの者にございます――

マナイ神は、クヌギを見つめた。

その目から涙が滲み出た。

――それでも、
貴方はこの道を選んだでしょう――

マナイ神の深い悲しみが、その奥にある熱い感謝の念が、さざ波のようにクヌギに伝わってきた。

マナイ神は、更に深くクヌギの混沌化した体に両腕を沈めた。

――マナイ神様、何をなさるおつもりですか？――

――貴方を元の姿に戻します。

そのためにこそ、私はここに来たのです――

クヌギは、慌てた。

――それは、不可能です。

たとえ絶対神様でも、それは叶いません――

――判っています。

我が親人亡き後、私が事を起こせば、バハラードの理を歪める者として全ての大気が私と敵対するでしょう――

――ご存じならば尚のこと、私を消去できないのならどうぞこのままお捨て置きください――

――それはできません。

あの貴き方とも約束しました。貴方を元の姿に戻すと。

何より、私が貴方を我が手に取り戻すのを望んでいるからです――

ババラードの〝気〟がババラード界と同化した今、ただ均衡を保とうとのみ動く理は、絶対神にとってまさに天敵そのものである。

個人のレベルで――たとえ善行を成すためだとしても、理（この場合は、型代外し）を違えた者を再び正常に戻す行為は絶対に許し難いものとなる。

有形・無形の責めを絶対神は受けることとなる。

それは、言語を絶する苦痛を伴うものなのだ。

しかし、絶対神は、熱い念をクヌギの体に送り始めた。

――絶対神様、

おやめください！――

――自らを顧みず他者のために力を尽くした者を救えずして、私は何のために絶対神などという名を戴いているのでしょう。

私の全てに替えても貴方を元の姿に戻します――

だがそれは、次元の亀裂を修復し、神界を甦らせ、虚無界に眠る神々を復活させ、更に神界への道を造るという大いなる技を果たした絶対神にとって、あまりに過酷なものだった。

ババラードの理は、先にも述べたように自ら型代を外すという最大の禁忌を犯した者を決して許しはしない。

だが、マナイ神は引かなかった。

マナイ神は、己が中に残されていた全ての力を、混沌化した最高神の内部に注ぎ込んだ。

ババラードの歪んだ均衡を正そうとする念が絶対神を取り囲んだ。

そのおどろおどろしい敵意を一身に受けながら、マナイ神は最高神に熱い念を送り続けた。

――おやめください！

絶対神様。

これ以上貴方様を苦しめるくらいなら――私は消えてしまった方がましです！

どうか、もうおやめください！　このままでは、ババラード全体が――いや、全ての異界を含めた全界が崩壊しかねません!——

それほどの軋轢が均衡を正そうとする念と、ねじ曲げんとする思いの間に生じていた。

自らの型代を外した最高神は、混沌化した全身をうち震わせながら懇願した。

——やめて、やめてくれよ。

サナヤ、このままでは全界が滅びてしまう。

俺は何のために型代を外したんだ。

全く意味がなくなるじゃないか!

サナヤ!!——

それでも、絶対神は引かなかった。

——己の全てを捨てて他者に尽くした者を見捨てて、何のバハラードの理ぞ!

何故(なにゆえ)の全界の安寧——。

この命、そなたを救えずして何の意味があろうか!

我は、我の理をもってそなたを救わん——

——サナヤ…。

いえ—マナイ様——

マナイ神の着衣の懐に隠れていた音瀬の長が、スルリとクヌギの内部に入り込んだ。
音瀬の民が、白いベールになって神々を優しく押し包んだ。
バハラードの試練を受けた時にマナイ神が彼らを守ったように――
長は、クヌギの内部で自らを溶かした。
溶けてクヌギの新たな鋳型となった。
いつしか、混沌の中からまず腕が生じた。
最高神はその両腕でマナイ神にしっかりとすがりついた。
マナイ神もしっかりと抱き締めた。
白いベールと化した音瀬の民は、神々をバハラードの理から守った。
彼らも溶けて行った。
溶けて神々と同化した。
暖かい日溜まりのような念が二人を押し包んだ。
――お前達――
だが、そこに悲しみはなかった。
音瀬の長と民は脈々と二人の中に息づき、決して消え去りはしなかった。
やがて―長の鋳型に倣って最高神は元の姿に戻った。

以前にも増して生き生きとした最高神の体は、もはや生身の人界神ではなかった。

神界の王にふさわしい、古代神よりも遥かに高度な神の体を獲得した。

親神の一人のゾアナに生き写しのその姿は、以前の姿と寸分の違いもなかった。

マナイ神は、最高神に囁いた。

――今、我は千万（せんばん）の時を経て、再びそなたと巡り会わん――


かつての創られたばかりの空世――。

ゾアナは既に異界に去り、具現化していたバハラードの〝気〟も程なく本来の形なき身になろうとしていた時――

そこに一つの出会いがあった。

空世に運ばれていた最高神一族の子の一人が、〝気〟の前で突然、目覚めた。

その子は、目映い光に驚いて保護されていたベールから転げ落ちた。

それをバハラードの〝気〟は手をさしのべて救った。

まだ何も固まっていないその子は、自分を救い優しく抱き締めてくれた美しいその人を深く心に刻みつけた。

バハラードの〝気〟も一際、元気で愛らしいその子を格別に愛しく思った。

それが、マナイ神とシュナク・サーレの最初の出会いだった。
最高神一族の子は再び永い眠りに就き、ババラードの〝気〟は元の大気に還って
いった。
永い年月が流れ、二人は人界へと転生した。
そして、あのロケで出会った。
惹かれ合わないはずがなかった。
二人は、神として降臨する以前から出会い、愛し合っていた。
魂が――お互いを選んでいたのだ――。

エピローグ　Ⅰ

聞き慣れた空転車の爆音が、近づいてくる。

マカゲは、マナイ神が運んでくれた岩戸の側に足を投げ出して座り込んでいた。

二人乗りにモデルチェンジした空転車の前方にはマナイ神、後ろにはクヌギが白い着衣をまとって乗っていた。

岩戸のかなり手前に空転車は降り立った。

「マカゲさん！」

とてつもなく明るい声がマカゲの耳に響いた。

以前と寸分も違わないクヌギの姿がそこにあった。

良かった――。

おそらく…これが。

クヌギは一直線にマカゲの許に駆け寄ろうとした。

それをマナイ神が肩を押さえて止めた。

「マナイ…様？」

不思議そうに見つめるクヌギを諭すようにマナイ神は告げた。
「今、マカゲさんはとても疲れておられるのだよ。
だから、暫くはそっとしておいてやりなさい」
「えぇーっ！
蛇防御をかけ返して、俺の居場所をマナイ様に教えてくれた礼をしたかったのに」
（こいつ、一発かます気でいたな）
マカゲは苦笑した。
クヌギは少々不満げだったが、マナイ神に従ってマカゲの許には行かなかった。
「まあ、いいか。後でゆっくり話せるだろうし」
クヌギは上機嫌だった。
マナイ神はクヌギに悟られないようにして、マカゲに念を送った。
〝マカゲさん——。
クヌギは元に戻りました。
けれど…私など無能の極みであります。
絶対神とは名ばかりの…。
貴方様をお助けできなくて、一体その名に何の意味があるのでしょうか〟

マカゲは優しく微笑んだ。

〝マナイ神様。

クヌギを元に戻してくださりありがとうございました。

音瀬の長と民もお二人と共にあれば、神界で元気にやっていけるでしょう。

本当に良かった。

私のことはお気になさらずに。

貴方様には、人界は元より音瀬でも大変お世話になりました。

…楽しかったですよ〟

マカゲは弱々しい念をマナイ神に送った。

絶対神はあらゆる生命、あらゆる物体、空間を復元・復活させる能力を有している。

しかし、擬似生命体は…。

この理は、この理だけは、クヌギを元に戻したマナイ神をもってしても曲げることはできない——。

「マナイ様、マカゲさんはどうしてあの岩戸から離れないのですか？」

クヌギは、マナイ神に無邪気に問いかけた。

〝マカゲさんには本当に助けてもらったから、神界で暮らしてもらうんだ。

勿論、人界にもここにも自由に行き来してもらうよ。ずっとマカゲさんといたいから、マカゲさんには神格を持ってもらって神になってもらうんだ。

な、いいだろう？　一緒に神界へ行ってくれるよね〞

いくら話しかけても、マカゲは何も答えず微笑むばかりだった。

クヌギが不審に思い始めた時――

突然、洞窟に夥しい数の神々が姿を現した。

神々はクヌギに対して深々と三界の礼をとり、嬉しげに微笑みかけた。

「そなた達は？」

「歴代の最高神一族――。

今まで虚無界で眠っていた神々だ。

甦って神界へ渡る前にお前に礼を言いに来たのだよ」

マナイ神はそう説明した。

「そうか、俺の兄弟・姉妹か――。

長い間辛かっただろう。

だが、もう案ずることはない。

クヌギは嬉しそうに神々の手を取り、出会いを喜んだ。
その中に僧侶の姿をした神と、蛇の姿をした神がクヌギの前に進み出た。
「そなた達は？」
「我らは、荘厳園において貴方様に大層な無礼を働いた者どもにございます。
古来より、様々な手段を用いて今上最高神様の御降臨を促す役を演じて参りました」
僧侶と邪神を演じた神々は深々と頭を下げた。
「いくら役目とは申せ、大変な無礼を働いたことを深くお詫び申し上げます」
（そうか、あの時――）
この者達は悪者を演じる一方で覚醒を促す言葉を同時に語りかけていたのだ。
「そうだったのか。
すっかり騙されてしまったな。
我こそ何も知らずにひどい仕打ちをしてしまった。
許せよ。
共に神界へ行こう」
クヌギは優しく神々の手を取り、そう慈悲深く告げた。

その様子を多くの神々の中からおどおどと見つめていた神がいた。
二人を許したのを確かめて、安心したようにクヌギの前に進み出た。
その神は初老だったが、容姿はマカゲにそっくりだった。
「え？　そなたは誰だ――」
クヌギは不思議そうに出てきた神を見つめた。
神は、嬉々としてクヌギに念を送った。
〝…やはり創っておいて正解でしたな〟
神は下卑た笑いを浮かべてマカゲを見やった。
〝まさか、これほどまでにお二方のお役に立つとは思いませんでした。
ですが――〟
神は、クヌギに向かって告げた。
〝ですが――もう限界です。
程なく…〟
クヌギの顔色が変わった。
クヌギは振り返ってすがるようにマナイ神を見つめた。
だが、その表情からは深い絶望の思いしか汲み取れなかった、その時――

「貴様ー‼」

凄まじい憎悪の念を剥き出しにして、クヌギは技を——初老の神にかけた。

滅びの技——。

自らの全てを代償に、相手を完全消滅させる今上最高神のみが用いられる究極の技を——。

しかし、間一髪でマナイ神がクヌギの腕を掴み、横に逸らした。

「ヒエーッ。

ヒエエーッ。

ヒエーッ！」

初老の神は恐れおののいて泣き叫んだ。

他の神々が慌ててその身を隠して匿った。

〝シュナク・サーレ様。何という真似をなさるのですか。

その方が、私を創らなかったら我々は出会えなかったのですよ。

感謝こそすれ、恨むなどとはとんでもないことです〟

マカゲは最後の力を振り絞って念を送った。

クヌギは、まるで駄々っ子のように首を振った。

「でも、でも、でもーっ！」

クヌギはその場に崩れ落ちるようにひれ伏した。

「お許しください。お許しください。お許しくださいーっ」

地べたに何度も額を押しつけて、その美しい顔が歪むほどにクヌギは詫びた。

「ごめんなさい。ごめんなさい。ワーッ。ごめんなさい!!」

あとはもう言葉にならなかった。

マナイ神は、狂ったように泣きながら詫びるクヌギを背後から抱き締めた。

マナイ神もとめどもなく流れる涙を拭おうとはしなかった。

「あの方は——お前に最期の姿を見せたくはないのだよ。だから、行こう。我らは今すぐに神界へ行こう」

クヌギは、マナイ神の腕の中で声を限りに泣き叫んだ。

〝サナヤ、最後にそう呼ぶのを許して欲しい。
そのいつまでも子供みたいな奴を、俺の代わりにずっと支えてやってくれ。
頼んだぞ〟
「判りました。
先輩」
マナイ神は、神々にクヌギの身柄を託すと、マカゲに向かって全界の礼を執り行った。
その場にいた最高神一族も。
神界への道を渡る守護神一族も。
神界の古代神達も――。
ババラードを統べる絶対神に倣った。
全ての神々が－マカゲに全界の礼を捧げた。
ただ、クヌギだけはマカゲを仰ぎ見ることもなく、うなだれたまま泣き続けた。
神々は、全界の礼をとった後に音瀬界を去って行った。

マカゲは、一人、
音瀬の洞窟に残された――。

エピローグ Ⅱ

昔、〝音〟に優れた最高神が人界に降臨した。

当時は、降臨を促す神は存在していなかった。

それゆえに彼が降臨したのは、既に老境に達してからだった。

しかも、〝音〟は闇蓬来と戦うための武器にはならなかった。

考えあぐねたその最高神は、人界の洞窟に音を基調にした世界を創造した。

そして、その洞窟を音瀬と名付け、別界（べっかい）へと移動させた。

更に将来、強力な神が降臨した時にその手助けになるようにと、音瀬界での理を持てる鋳型を自らの若き日の姿を模して創造した。

最強の神が降臨する時期に人界に転生させるように空世と約束をかわした。

そして、まさに最強の最高神シュナク・サーレと、やがて絶対神となるサナヤが生まれる絶好の時期に先行して、マカゲは人界に転生した。

やがて、彼らは出会い音瀬界へと導かれて行った。

バハラードは、三者の働きで真の平和を得た。

だが、まさかこれほどまでに深い絆がマカゲと神々の間に生じるとは――。

それは、闇蓬来にその存在を見抜かれ、自ら虚無界へと堕ちて行った当時の最高神にも全く予測がつかなかったのである。

マカゲは、神々の立ち去った洞窟で最後の力を振り絞って立ち上がった。

気持ちは驚くほどに安らかだった。

あの時、思いとどまって本当に良かったとマカゲは思った。

（ずっと以前から俺は知っていたのだろう。

ここが終の住みかだと…）

最後にマカゲは泣き笑いの顔で呟いた。

「クヌギィ、
オッサンはちったあ役に立ったかい？」

その時が来た。

岩戸の白い札に火がついた。

ほんの一瞬、
ボウッと音をたてて
護符は……消滅した。

完